Falsche Fährte

und andere Stories

Tanja Massow

© Tanja Massow
Herstellung und Verlag
BoD - Books on Demand, Norderstedt
ISBN: 978-3-8482-3095-2

Inhaltsverzeichnis

Falsche Fährte

Die Ferienwohnung war eine Zumutung, doch Irina sagte nichts. Sie war überrascht, als der Vermieter ihr die beiden dunklen Räume zeigte. „Das ist noch etwas provisorisch, Frau Irina", erklärte er mit fachmännischer Miene und wies auf ein rahmenloses Fenster, das nur von Baustoff umgeben war, „aber natürlich voll gebrauchsfähig – und zahlen brauchen Sie erst am letzten Tag. Ich lass auch mit mir handeln". Während er den letzten Satz aussprach, hatte er sehr interessiert auf ihre Brüste geschaut, doch Irina tat so, als hätte sie seinen Blick nicht bemerkt.
Sie nahm den rostigen Schlüssel. „Sie haben hier richtig Ruhe", sein Zeigefinger fuhr nach oben. Irina nickte. Die Dachwohnung war unbesetzt. „Zu heiß!" Dabei zog der Mann seine Schultern zusammen, als würde er frieren. Irina nickte, „verstehe. Und was machen Sie, wenn jemand ein Zimmer von Ihnen mieten will, jetzt, wo Sie nur noch

dieses haben?" Der Mann stutzte, sah sie erstaunt an. Er setzte zum Sprechen an, doch er brach ab. Sein Gesicht rötete sich, während er Irina weiterhin mit offenem Mund anstarrte. Dann schluckte er laut. „Haben Sie studiert?" „Drei Semester Wirtschaft", antwortete Irina, doch es war gelogen. Sie hatte noch während der ersten Monate abgebrochen. „Das dachte ich mir", sagte er, „das merkt man". Dann fasste er kurz ihren Arm und lachte, „Sie sind nicht nur schön, sondern auch klug", er machte eine bedeutsame Pause, als erwarte er, dass Irina sich für sein Kompliment bedanken würde. „Natürlich vermiete ich das Zimmer, wenn jemand kommt. Ich habe doch keine Wahl, ich bin Geschäftsmann". Er lachte, doch es klang mehr wie ein Brummen. „Sie sollten als Geschäftsmann daran denken, Ihre Kundschaft nicht zu verprellen", Irina nahm ihre schwere Tasche. „Natürlich, Frau Irina". Sie sah die Bewunderung in seinen Augen, bevor sie die Tür schloss.

Die Gardinen im Wohnzimmer waren zugezogen und Irina wollte den Stoff zur Seite ziehen. Es krachte und die Stange, an der sie sich befanden – ein einfaches, weißlackiertes Rohr – fiel mit einem lauten Poltern zu Boden. Irina nahm es, doch es war zu schwer, um es wieder in die Halterung legen zu können. Ein Klopfen ertönte. Es musste von unten kommen. „Bist Du wahnsinnig? Wir haben Mittagsruhe, Du Kakerlake!" Irina konnte nicht erkennen, ob das unflätige Brüllen von einem Mann oder einer Frau kam. Sie wollte den Vermieter um Hilfe bitten, ging aber vorher ins Bad, um sich frisch zu machen. Die Tür klemmte. Als sie mit Kraft versuchte, sie zu öffnen, löste sich die eiserne Klinke und schepperte auf die Fliesen. Irina hielt inne und wartete auf das nächste Brüllen, das nicht lange auf sich warten ließ. Doch zuerst ertönte ein kurzer Schrei. „Du dreckige Ratte, Dir werde ich es zeigen! Du alte Sau!" Irina konnte hier nicht bleiben. Warum hatte Pavel ihr diese Adresse genannt? Wo sollten hier geschäftliche Besprechungen stattfinden? War der verrückt? Sie ging zurück ins Wohnzimmer, nahm ihre Tasche und griff nach ihrem Handy. Pavel meldete sich, ein Glück! Sie hatte damit gerechnet, dass sich gleich seine Mailbox einschalten würde. „Irina? Wo bist Du?" „In der Hölle, in die Du mich geschickt hast. Du musst mich hassen, Pavel, so entsetzlich ist es hier!" Irina klang bissig. „Moment mal!" sagte Pavel aufgebracht, „ein Fünf-Sterne-Hotel ist für Dich entsetzlich? Tut mir leid, Irina, dass ich es aus Zeitgründen nicht geschafft habe, Dir vorher einen Palast zu bauen", Pavel lachte spöttisch und Irina verstand gar nichts mehr. „Wieso 5 Sterne? Diese Ferienwohnung hat garantiert nicht mal einen halben Stern", Irina ärgerte sich. Redeten sie aneinander vorbei? „Irina, wo bist Du?" fragte Pavel laut. Es klang, als würde er jeden Moment die Geduld verlieren. „Ich habe Dir das „Seetraum" genannt, ein sehr gutes Hotel direkt am Südufer". Irina beruhigte sich augenblicklich. Es handelte sich um eine Verwechslung, „ich bin am Nordufer, in einer kleinen Anlage namens „Seetraum", erklärte sie, „tut mir leid, Pavel, das ich Dich gleich so angegangen bin, aber ich...". „Ja, ja, schon gut", unterbrach Pavel sie, „kann passieren. Pack Deine Habe und verlasse den Ort des Schreckens. Das Paradies steht für Dich bereit. Wir sehen uns wie abgesprochen".

Irina atmete auf, nahm ihre Tasche und ging. Den Schlüssel ließ sie von außen stecken. Auf halber Strecke kam ihr ein hagerer Mann mit einem Buckel entgegen. Er mochte um die Vierzig sein, trug einen Bürstenhaarschnitt und roch nach Schweiß. „Haben Sie eine Ahnung, wer diesen Mordslärm veranstaltet?" fragte er genervt. Irina schüttelte ihren Kopf, „keine", dann versuchte sie, sich an ihm vorbei zu drängen. „Ihre Tasche ist ziemlich schwer, nicht wahr?" Er machte Anstalten, dies zu überprüfen, doch er berührte nur kurz ihre Hand. „Leider bin ich körperbehindert, ein

Krüppel", er lachte, als hätte er einen Scherz gemacht, „sonst würde ich helfen. Ich kann nicht mehr aufrecht gehen, aber Manieren habe ich". „Dann haben nicht Sie laut geschimpft, nicht wahr? Jemand hat einige Beleidigungen durchs Haus gebrüllt, das war unmöglich". Der Bucklige wurde rot, „unmöglich, ja. Ich habe das Wort Ratte gehört, finden Sie das so schlimm? Eigentlich sind das possierliche Tierchen". Irina lachte laut, „an eine süße, zahme Ratte hat dieser Mensch bestimmt nicht gedacht, viel eher an eine unansehnliche Ratte, die sich durch die Kanalisation robbt. Er sagte auch nicht einfach Ratte, er hat dreckige Ratte gerufen." Sie war immer noch nicht an ihm vorbei. Er versperrte gekonnt den Weg und ließ sich nicht davon beeindrucken, dass ihre Tasche seine Beine berührte. Seine Gesichtszüge wurden starr. Irina beobachtete den Mann entsetzt, dessen Augen sie fixierten. Seine Freundlichkeit war dahin. Man konnte Angst bekommen. „Aber das ist nicht wichtig. Wahrscheinlich hat er es nicht

so gemeint. Lassen Sie mich bitte vorbei?"
Sie versuchte es mit einem Lächeln, doch ihr
üblicher Erfolg blieb aus. „Woher glauben
Sie zu wissen, was andere Menschen
denken?" Er flüsterte fast. Die Situation
hatte etwas Gespenstisches an sich. „Ich
weiß es nicht, ich vermute nur", sie schob
sich gewaltsam an ihm vorbei, war fast
vorüber, hatte mit der Tasche sein
Schienbein gerammt, als er mit seiner Hand
ihren Arm ergriff und wie eine Fessel zu
schnappte. Er hatte sie so fest gepackt, dass
ihr für einen Moment die Luft wegblieb.
„Lassen Sie mich los oder ich schreie!" Irina
entglitt ihre Tasche, die purzelte die Stufen
hinab. Wo war dieser Vermieter? So weit
konnte der nicht sein. Wahrscheinlich saß er
in seinem Büro und dachte an sie.
„Schreien? Ich denke, das mögen Sie nicht!"
Mit einem Ruck ließ er los, Irina stolperte
und konnte sich gerade noch am Geländer
festhalten. Der Bucklige lachte höhnisch,
„dreckige Ratte, das ich nicht lache! Ratten

sind possierliche Tiere, merken Sie sich das".

Als Irina das Haus verlassen hatte, merkte sie, dass sie sich am rechten Fuß verletzt hatte. Auch das noch! Sie wollte schon zur Bushaltestelle humpeln, als der Vermieter plötzlich vor ihr stand, „wo wollen Sie mit Ihrer schweren Tasche hin?" Er wies auf einen alten Golf, der im Hof parkte, „kommen Sie, schöne Frau, ich fahr Sie".

„Sie wissen doch nicht, wo ich hin möchte", insgeheim sehnte sich Irina nach nichts anderem, als mit einem Auto zum Hotel gefahren zu werden. Wenn sie Pavel nicht so angemacht hätte, wäre er zu ihr gekommen und hätte sie abgeholt. „Ich fahre Sie überallhin. Darf ich?" Der Alte zeigte auf ihre Tasche. Die Anteilnahme tat gut nach der Begegnung mit dem Buckligen und dem Telefonat mit Pavel. „Ich muss zum Südufer". Der Mann nickte, „kein Problem. Eine Stunde mit dem Wagen", er öffnete die Beifahrertür und ließ sie einsteigen. Als er neben ihr Platz nahm und sie gierig betrachtete, fühlte sie sich unbehaglich. Ihre Tasche stand auf dem Rücksitz, glücklicherweise hatte er sie nicht im Kofferraum verstaut. So konnte sie im Notfall schnell danach greifen. Er startete den Motor, „Sie ziehen wieder aus, nicht wahr?" Sie nickte, „der Schlüssel steckt. Ich hatte eine unheimliche Begegnung mit einem buckligen Mann, der...". Der Vermieter lachte, „das war Lupinski. Der spielt sich gerne auf, ist aber ein harmloser und durchaus verträglicher Zeitgenosse. Verbringt jedes Jahr drei Monate zu Sonderkonditionen bei mir." „Drei Monate?" fragte Irina nach, „ist er arbeitslos?" Sie konnte sich den Mann auch nicht im Berufsleben vorstellen.

„Frührentner. War früher Hausmeister, deshalb denke ich manchmal, er ist hinter meinem Job her. Ich bin dreiundsechzig und er fragt mich ständig, wann ich aufhöre. Ist doch verdächtig, oder?" Der Alte sah sie von der Seite an, dabei schnalzte er mit seiner Zunge, „Sie sind herrlich jung, Irina. Wenn

Sie mir eine halbe Stunde Ihrer geschätzten Zeit opfern würden, also ich ...", er lachte verlegen, „ich habe hundert Euro bei mir. Verstehen Sie mich nicht falsch". „Er darf nur hinzuverdienen, im geringen Maß. Er kann Ihnen gar nichts", sagte Irina laut. „Was?" Der Vermieter sah sie verständnislos an. „Lupinski. Als Frührentner darf er nur eine kleine Summe erwirtschaften". „Ach so", der Alte begriff endlich, „da kommt wieder Ihr Studium durch", er lächelte, „zehn Minuten für hundert Euro, was meinen Sie, Irina? Ich brauche nicht lange, wenn Sie Ihr Oberteil ablegen, das verspreche ich. Und hundert Euro sind eine Menge Geld".

Pavel Stuka wurde langsam wütend. Es war zwanzig Uhr und Irina war nicht hier. Seit einer halben Stunde wartete er auf sie. Ihr Handy war tot, es ging nicht einmal die Mailbox an. Kurzerhand rief er seine Schwester an, „Milena? Ich bin am Südufer und brauche Dich." „Ich denke, Du willst

Deine Familie nicht in beruflichen Angelegenheiten nutzen. Und um die geht es, oder?" fragte sie spitz. „Ja, Du hast Recht. Ich will nicht, dass meine eigene Schwester mit einem Fremden...aber es ist wichtig. Und Du bekommst sehr viel Geld dafür!" Pavel sprach langsam, um Milena zu besänftigen, dabei war er in höchster Aufregung, „zieh bitte dieses tief ausgeschnittene Kleid an, lass den BH weg und dann komm ins Seetraum. Eine Stunde auf dem Zimmer des Kunden, mehr nicht. Wir sitzen im Restaurant". Milena schnaubte in den Hörer, „sag mal, Du bist wohl verrückt? Ich denke, Du brauchst jemanden, der Deine Geschäftspartner anflirtet, damit sie abgelenkt sind, aber ich soll mit dem ins Bett? Hör mal, ich bin verheiratet, hast Du das vergessen?" Pavel sah auf die Uhr. Die Zeit lief ihm davon. „Nein, aber vergiss Du das mal für ein, zwei Stunden. Bitte, Milena. Tausend Euro. Und wenn er das Geschäft abschließt, noch mal tausend." Es blieb einen Moment ruhig am anderen Ende der

Leitung. Pavel wusste, dass seine Schwester jetzt mit einem Gewissenskonflikt kämpfte. In ihrer Ehe war sie nicht glücklich und das Geld war Wahnsinn. Milena arbeitete im Verkauf und verdiente tausend im Monat für ihre 30-Stunden-Woche. „Du schaffst das", er versuchte, sie zu überzeugen. „Was schaffe ich? Einen Mann zu befriedigen? Danke, dass Du mir dafür Mut machst. Glaubst Du, ich hab keine Ahnung?" „Wenn ich das glauben würde, hätte ich Dich nicht gefragt. Komm bitte her, Milena, es dauert nicht lang", Pavel wollte sich nicht ausmalen, was er tun sollte, wenn sie ablehnen würde. So spontan fand er niemanden. „Komm, Du hast mich gefragt, weil Du sonst niemanden hast. Irgendeine Mieze hat Dich sitzen lassen, das ist der Grund", Milena seufzte, „ach, das Geld. Ich könnte es gut gebrauchen. Und zweitausend, wenn er abschließt?" Pavel verlor langsam die Geduld, „zweitausendfünfhundert", sagte er laut, „kommst Du?" Er wäre bereit, bis zehntausend hoch zu gehen, denn das

Geschäft würde ihm viel mehr bringen, aber davon wusste Milena nichts. „Seetraum am Südufer, ja?" fragte Milena nach, „ich zieh mich schnell um". Pavel atmete erleichtert auf, „ja, das Seetraum am Südufer, nicht am Nordufer. Da gibt es eine Ferienanlage, die sich auch Seetraum nennt. Alptraum wäre allerdings passender". Nachdem sie aufgelegt hatten, ging Pavel in das Restaurant. Er dachte an Irina, die stets zuverlässig und pünktlich war. Ob ihr etwas passiert war? Ach was, sicher hatte sie einen reichen Typen kennen gelernt und sich von ihm einladen lassen. Irina war so eine Frau, die an einer Bushaltestelle steht und innerhalb von fünf Minuten mehrmals angesprochen wird. Er fand sie selbst sehr attraktiv und hatte einmal mit ihr geschlafen. Sie hatte ihm einen Freundschaftspreis von vierzig Euro gemacht, doch es wäre ihm lieber gewesen, sie hätte nichts von ihm verlangt, sondern es einfach nur aus Lust getan.

Werner war schon da. Er saß an einem Tisch in der Mitte des Lokals, wie immer. Er wollte sehen und gesehen werden, hier, fernab seines Wohnortes. Er war Fünfzig, groß, kräftig und trug einen Schnauzer, der eben so wie sein volles Haar von der Sonne gebleicht war. Als er Pavel erblickte, stand er auf, „Stuka! Na, Pavelski, alles Roger?" Er nahm Pavels Hand und drückte kräftig. „Alles gut, Werner, alles okay". Sie setzten sich und Werner sah noch einmal zur Eingangstür, „wo ist denn die Kleine? Wolltest Du mir nicht ein zwanzigjähriges Häschen präsentieren? Wir haben bald Ostern, mein Gutster". Werners Blick war durchdringend. Er machte keine Geschäfte, wenn es kein Häschen gab. Das hatte Pavel schon vor langer Zeit kapiert. „Kommt gleich", sagte er schnell. Nur war Milena keine zwanzig, sondern doppelt so alt. Ob er ihn vorwarnen sollte? „Woran denkst Du?" Werner beobachtete ihn genau, „es kommt doch eine, oder? Vielleicht diese Irina? Ich hab Druck ohne Ende", er beugte sich zu

Pavel, „habe seit einer Woche nicht abgespritzt, verstehst Du? Meine Frau hat mich auf der Geschäftsreise begleitet, zum Glück ist sie heute Morgen nach Hause gefahren". Pavel hatte gar nicht gewusst, dass Werner eine Frau hatte. Er war wie selbstverständlich davon ausgegangen, dass ein Mann, der so gierig nach einer sexuellen Bekanntschaft war, alleine leben würde. Wie naiv er doch war! „Was, Du bist verheiratet?" Werner nickte, „sicher. Aber es läuft nichts mehr. Sie hat diese ekelhafte Cellulite bekommen, überall. Selbst ihre Brüste haben Dellen". Pavel stockte der Atem. Hatte Milena nicht erst kürzlich erzählt, dass sie eine teure Creme gekauft hatte, die nichts gegen ihre Oberschenkeldellen ausgerichtet hatte? Er zuckte zusammen, als Werner laut lachte, „na, Pavel, was überlegst Du? Wie das so wäre, nach zweiundzwanzig Jahren Ehe? Langweilig, Pavel, und eintönig. Aber Gudrun kommt aus einer reichen Familie, ich kann sie nicht verlassen. Sie kennt die richtigen Leute und wenn wir geschieden wären, kennen die mich nicht mehr. Also ertrage ich sie und suche mir ein junges Weib, oder besser, ich lasse suchen", dabei sah er ihn herausfordernd an, „und gefunden?" Pavel nickte, „aber keine zwanzig, dennoch sehr erotisch". Wenn Milena sich zurechtmachte in dem Kleid, konnte sie glatt sechs, sieben Jahre jünger wirken. „Ordentlicher Vorbau?" Werner flüsterte fast, „ich brauch etwas zum Zupacken". Dabei machte er mit seinen Händen eine Bewegung, als würde er in einen Sandsack schlagen.

Pavel lachte gequält. Da sah er seine Schwester zur Tür herein kommen. Milena hatte sich geschminkt und die Haare zu einem Zopf gebunden. Ihre Figur kam super zur Geltung. Eigentlich konnte nichts schief gehen. Auch Werner wendete seinen Blick und sah zu ihr, doch Pavel konnte nicht ausmachen, ob sie ihm gefiel. „Das ist sie?" fragte er flüsternd und Pavel nickte. Doch es kam keine Reaktion von Werner. Als er das erste Mal Irina gesehen hatte, hatte er gestrahlt und gewunken, so fasziniert hatte sie ihn.

Milena lächelte, während sie unsicher vor dem Tisch stand. Normalerweise stand Werner auf und bat die jeweilige Frau, Platz zu nehmen. Doch nichts geschah. „Setz Dich doch", Pavel wies auf einen Stuhl neben seinem Geschäftsfreund. Der gab ihr höflich die Hand, starrte dann auf ihre Brüste, bevor er sich wieder der Speisekarte zuwandte. Pavel war unsicher. Kostete ihn das jetzt sein Geschäft? So hatte er Werner noch nie erlebt.

Sie bestellten eine Flasche Wein. Werner hatte es abgelehnt, etwas essen zu wollen und Milena wollte sowieso abnehmen, das wollte sie seit zwanzig Jahren. Pavel hatte schon ein Steak ausgesucht, doch nun verzichtete auch er. Das hatte es noch nie gegeben, dass Werner, der mindestens genauso gerne aß wie er vögelte, nichts bestellte. Milena konnte ihm doch nicht den Appetit verdorben haben? Sie war keine zwanzig, aber sie war eine gutaussehende Frau. Pavel versuchte, seiner Schwester ein Zeichen zu geben, sie sollte auf die Toilette gehen, doch es gelang ihm nicht. Stattdessen führte er mit Werner ein belangloses Gespräch über das Handelsgesetzbuch. Das Geschäft konnte er abschreiben. Innerlich war Pavel aufgewühlt und wütend, doch er ließ es sich nicht anmerken. Als Werner aufstand, erschrak er regelrecht. Wollte der jetzt gehen? Aber dann wäre dieser Abend wenigstens vorüber. „Wo kommen Sie denn her?" fragte Werner laut und Pavel drehte sich überrascht um. Irina stand vor ihnen. Sie trug eine Jeans und ein Shirt, doch sie sah einfach toll aus. Keine andere Frau in einem schicken Kleid könnte ihr das Wasser reichen, dachte Pavel fasziniert.

„Verzeihung, Herr Werner, ich habe mich verspätet." Sie reichte ihm ihre Hand, die er ergriff und küsste. Pavel hielt den Atem an. Milena lächelte gequält. Wahrscheinlich war ihr genau so klar wie ihm, dass Werner jetzt mit Irina auf sein Zimmer wollte. Schon aus

Anstand und Peinlichkeit musste Pavel
seiner Schwester tausend Euro geben. Er
hoffte nur, dass Irinas Erscheinen sein
Geschäft retten würde, denn auch die würde
nun Geld von ihm wollen. „Sie hätten sich
nicht bemühen müssen, Irina. Wir haben
nicht mehr mit Ihnen gerechnet. Einen
schönen Abend noch und entschuldigen Sie
uns jetzt bitte", Werner lächelte und setzte
sich. Pavel glaubte, sich verhört zu haben.
Er schickte Irina weg? Das konnte nicht
sein. Er sah zu der jungen Frau, die
enttäuscht das Restaurant verließ. Pavel
verstand nichts mehr. „Gehen Sie hinterher,
Pavelski, reden Sie mit ihr. Wir gehen
auch", Werner hatte ihn angestupst, um dann
Milena seine Hand zu reichen. Mit großen
Augen beobachtete Pavel, wie die beiden in
den Fahrstuhl stiegen. Werner hatte sich für
Milena entschieden. Wahrscheinlich hatte
sie den Reiz des Neuen, des Unbekannten.

Irina stand vor dem Hotel. Sie drehte sich
um, als sie Schritte hörte. „Zu blöd, dass Du

zu spät gekommen bist. Ich konnte Dich nicht erreichen, Irina", Pavel hatte kurz ihren Arm gedrückt. „Zwanzig Minuten", sagte Irina, „Ihr redet doch erstmal über Geschäfte, was ist schlimm daran, dass ich zu spät gekommen bin? Ich habe mein Kleid dabei, drei Minuten auf der Toilette und ich wäre passend angezogen." Pavel zuckte die Schultern, „wie soll ich das wissen? Du hättest mir wenigstens eine SMS schreiben können. Immerhin waren wir vor knapp einer Stunde verabredet gewesen", er betrachtete ihr erhitztes Gesicht, „Du wirst es überleben, Irina, Du hast hier ein schönes Zimmer für diese Nacht". Sie lachte kurz, „dafür habe ich mir den Weg nicht gemacht". Natürlich nicht, er hatte ihr tausendfünfhundert zugesagt. „Ich mache Dir einen Vorschlag. Du bekommst das Geld, gehst dafür aber mit mir ins Bett", wenn er schon zahlen sollte, wollte er etwas dafür haben. Und er musste zahlen, denn er wollte sich nicht mit Irina streiten, er würde sie in Zukunft noch brauchen. Außerdem hatte er große Lust auf sie. Irina sah ihn grinsend an, „ach, so ist das", dann nahm sie ihre Tasche und folgte Pavel.

Pavel Stuka hatte die Zeit vergessen. Er hatte den schönsten Sex seines Lebens erlebt und die ganze Nacht mit Irina im Liebestaumel verbracht. Als er am Morgen auf die Uhr sah, war es halb neun. Irina schlief noch. Er strich über ihr Haar, dann küsste er sie, „ich liebe Dich", flüsterte er in der Annahme, sie würde ihn nicht hören. Doch Irina schlug die Augen auf und sah ihn an. Pavel errötete. „Ist das süß, Dein Gesicht wird ganz heiß", sie streichelte seine Wange, „war das eine Liebeserklärung, Herr Stuka, oder habe ich geträumt?" Im ersten Moment wollte Pavel es abstreiten, aber was brachte das? Irina hatte ihn klar und deutlich verstanden. „Ja, war es. Ich dachte erst, ich liebe nur Deinen Körper, aber es ist viel mehr", er hustete verlegen, „aber so was hörst Du bestimmt dauernd". Pavel sah sie an, „ich kann nichts für meine Gefühle. Ich kriege Dich nicht aus meinem Herzen". Irina beugte sich vor und küsste ihn, „das klingt wie eine Entschuldigung." Sie stand auf, „frühstücken wir?" Pavel nickte. Warum nicht? Er hatte gestern zweitausendfünfhundert versemmelt, aber er hatte eine wundervolle Nacht verlebt. Milena musste längst wieder zu Hause sein und Werner hatte erst gar nicht über ein Geschäft gesprochen.

Im Frühstücksraum nahmen sie an einem Tisch am Fenster Platz. „Wann fährst Du zurück?" fragte Pavel, „wir können in meinem Wagen...". „Guten Morgen, Pavelski, gut geschlafen? Oder soll ich besser fragen, gut gevögelt?" Werners laute Stimme ließ Pavel vor Schreck zusammen fahren. Er drehte sich um und sah nicht nur Werner und Milena, sondern auch die neugierigen und abschätzigen Blicke anderer Hotelgäste. „Guten Morgen", erwiderte er, „bitte etwas leiser, Werner, denk dran, Du bist verheiratet", es sollte wie eine Drohung klingen, doch Werner lachte nur, „ja, und? Hier kennt mich keiner, wen interessiert das." Dann setzte er sich an den Tisch. Auch Milena nahm sich einen Stuhl. Pavel betrachtete seine Schwester. Was wollte sie ihrem Mann erzählen? „Du schaust wie ein Depp, Pavelski", Werner lachte, „Hauptsache, wir hatten alle eine tolle Nacht". Werner nahm sich ein Brötchen und ignorierte das Klingeln seines Handys, „jetzt mal keine Geschäfte". Sollte sich Werner in seine Schwester verliebt haben? Auch Milena machte einen glückseligen Eindruck und schien sich nicht darum zu kümmern, dass sich ihr Mann Sorgen machen könnte. Pavel sah zu Irina. Er wünschte sich, dass sie auch so empfinden würde, doch sie sah nicht sehr gutgelaunt in die Runde. Die Blicke, die sie Werner hin und wieder zuwarf, waren feindselig. „Fahren wir zusammen?" fragte Pavel sie. Doch Irina winkte ab, „nein, ich muss zum Nordufer". Ihre Stimme klang genervt. „Ich kann Dich fahren", Pavel beugte sich zu ihr, er wollte ihre Hand streicheln, doch sie hatte diese schon weggezogen. „Pavel, heute Nacht, das war ein Geschäft. Du bist angenehm und es macht Spaß mit Dir, aber Gefühle solltest Du vergessen", sie flüsterte und sah ihn drohend an, „wenn Milena an die große Liebe glaubt und das leben muss, ist das ihre Sache. Meine ist es nicht". Sie stand mit einem solchen Ruck auf, dass der Stuhl umfiel. Dann verließ sie grußlos den Saal.

„Kein Glück in der Liebe, Pavelski? Aber Ihr Vertrag ist okay, das Geschäft haben Sie gemacht", Werner reichte ihm das unterschriebene Dokument über den Tisch. Pavel lächelte, aber freuen konnte er sich nicht. Ihm wäre es lieber gewesen, wenn er Irina erobert hätte und das Geschäft geplatzt wäre. „Ich muss ins Büro", Werner nahm einen Schluck Kaffee, dann küsste er Milena, „meine Fee, wir sehen uns heute Abend", er nickte Pavel zu und ging.

„Sag mal, was soll das?" zischte Pavel seiner Schwester zu, „was ist mit Oleg? Er wird denken, Dir ist etwas passiert". Milenas Augen glänzten, „Werner ist wunderbar, ein liebevoller Mann. Ich habe Oleg erzählt, dass ich eine Freundin treffe und bei ihr schlafe. Er sucht mich ganz sicher nicht", dann geriet sie wieder ins Schwärmen, „er ist klug, Pavel, und wir lieben uns. Ich sage Oleg heute Abend, dass ich die Scheidung will." Pavel sah sie entsetzt an, „nach einer Nacht mit diesem Flegel? Milena, warte erstmal ab". Doch seine Schwester lächelte nur. „Du musst zur Arbeit, Milena, oder hast Du dich krank gemeldet? Gelogen wäre es nicht, Du bist wirklich krank im Kopf", Pavel spürte die Hitze in seinem Gesicht, so sehr regte er sich auf. Und er hatte Milena hierher gebracht, er hatte sie Werner vorgestellt. Alles wäre gut gewesen, hätte er auf Irina gewartet. Vielleicht hätten sie trotzdem die restliche Nacht miteinander verbracht. „Ich fahre gleich dorthin und kündige". „Wirst Du zukünftig von Luft und Liebe leben?" Am liebsten hätte er seine Schwester genommen und geschüttelt, „hat er Dir Drogen gegeben?" Milena lachte laut und es klang so befreit, dass er erschrak, „wenn Liebe eine Droge ist". Dann sah sie ihren Bruder ernst an, „ich werde bei Werner arbeiten". Der winkte ab, „als was? Lass das besser sein, Milena". Er sah Irina kommen. Besser gelaunt schien sie nicht, aber immerhin konnte er ihre tolle Figur bewundern. Dann stand sie vor ihm und lächelte, „fahren wir?" Sie hatte also kein Taxi bekommen. Er nickte, dann sah er zu Milena, „komm besser mit in die Stadt." Doch sie schüttelte den Kopf, „danke, ich lass mir Zeit." Pavel folgte Irina. Seine Gedanken kreisten um Milena, deshalb begann er kein Gespräch. Worüber sollte er auch reden? Sie wollte ihn nicht, er brauchte sich nicht bemühen – lieber überlegen, wie er Milena zur Vernunft bringen konnte. Doch es war Irina, die die Stille unterbrach. „Du machst Dir Sorgen um Deine Schwester, nicht wahr?" Er sah kurz zu ihr. „Du kennst Werner. Sollte ich mir keine machen?" „Darum geht es nicht. Jeder muss seine Erfahrungen machen", sie legte kurz ihre Hand auf seinen Schenkel, „Du hast sie gewarnt, Pavel, was willst Du noch tun?" Er wunderte sich über ihr Mitgefühl. Aber diesmal würde er nicht den Fehler machen, zu glauben, dass sie ihn deshalb mochte. Es hatte nichts zu bedeuten. „Du meinst also, ich soll es dabei belassen? Meine Schwester gibt Arbeit und Ehe auf und Werner kann einen Strich mehr auf seiner Liste machen." „Man gibt nur auf, was einem nichts mehr bedeutet. Milena arbeitet als Verkäuferin, nicht wahr? Sie hat ein mieses Gehalt und ihre Füße tun weh. Und ihre Ehe? Das weißt Du vielleicht. Also, was gibt sie auf?" fragte sie herausfordernd. Pavel zuckte mit den Schultern, „nicht viel, so wie Du es erklärst. Ich werde mich auch nicht einmischen". Am Abend rief ihn sein Schwager Oleg an. „Ich bin mit einer Hure verheiratet", sagte der zur Begrüßung. „Bist Du verrückt?" fragte Pavel. Er hatte schon Angst, dass Milena von seiner Vermittlung erzählt hätte. Oleg hätte vielleicht nichts Besseres zu tun, als ihn wegen Zuhälterei anzuzeigen. „Sie war die Nacht angeblich bei einer Freundin und heute sagt sie mir, dass sie die Scheidung will. So ein reicher Kerl hat sie abgeholt, hat ihre Koffer getragen. Sie hat mit ihm gebumst, was glaubst Du denn?" Olegs Stimme zitterte. Er war lange mit Milena zusammen und er mochte keine Veränderungen in seinem Leben. Es sollte alles so bleiben, wie es war. „Ich bin Elektriker, ich verdiene nicht so gut", sagte er anklagend. Wenn du Arbeit hast, dachte Pavel, doch er sagte lieber nichts.

„Vielleicht wird noch alles gut und Milena kommt zu Dir zurück. Sie wird merken, dass dieser Mann nicht richtig für sie ist". Er wollte Oleg damit beruhigen, ihn trösten, doch er erreichte das Gegenteil. Der Andere brauste auf, „bumsen lassen und dann zu mir? Nein, Pavel, es ist vorbei. Ich nehme sie nicht mehr. Meinen letzten Stolz lasse ich mir nicht nehmen, nein", dann machte er eine kurze Pause, „na, Pavel, Du bist mein Schwager und wirst es auch bleiben." Dann klickte es in der Leitung.

Am Abend fuhr Pavel zum Seetraum. Er nahm an einem der Fenster Platz. Wen er genau suchte, wusste er nicht.

Das Restaurant war nur spärlich besucht. Lediglich zwei Tische waren besetzt. Ein Gesprächsfetzen erinnerte ihn an Irinas Stimme. Er sah nur den Rücken der Frau, doch sein Herz klopfte wie wild. Das musste Irina sein. Doch wer waren ihre Begleiter? Die Männer passten hier nicht her. Der Ältere, ein übergewichtiger Mann mit Halbglatze, trug eine zu enge Bundfaltenhose und ein fleckiges Hemd und der Andere hatte einen Bürstenhaarschnitt und einen Buckel. Jetzt lachte die Frau. Es war unverkennbar Irina. Pavel stand auf und ging zu ihr. Der Bucklige sah ihn wütend an, „haben Sie etwas?" Erst dann wandte sich Irina ihm zu, „ach, Pavel", und sie stand auf, „bin gleich zurück", flötete sie ihren Begleitern zu und wies dann auf den Ausgang, „komm, lass uns einen Moment an die frische Luft". Sie schien bester Laune zu sein. „Bei den Typen keine schlechte Idee.

Der Bucklige ist so verschwitzt", sagte Pavel angewidert. Irina winkte großzügig ab, „lass ihn doch. Du suchst bestimmt Milena. Sie ist mit Werner auf dem Zimmer". „Und Du hast hier eine geschäftliche Besprechung?" fragte Pavel. Komisch, alle waren sie hier im Seetraum. Irina lachte und nickte, dann ging sie wieder ins Restaurant.

Pavel ließ eine Nachricht zu Werner bringen und setzte sich in die Lobby. Nach einer halben Stunde stand ein Page vor ihm, „Herr Stuka?" Er übergab ihm einen Brief und verneigte sich. Pavel erkannte Milenas Handschrift, „ich liebe Werner und werde mich von Oleg scheiden lassen. Mach Dir keine Sorgen." Übersetzt heißt das, ihr kommt heute nicht mehr aus dem Zimmer, sondern vögelt euch kaputt, dachte Pavel und verließ den Seetraum.

Er war gerade fünf Minuten in seiner Wohnung, als es an seiner Tür klingelte. Pavel hoffte auf Milena oder Irina, obwohl

das unwahrscheinlich war. Tatsächlich stand
Oleg im Flur, „ich muss Dich sprechen."
Ohne Umschweife kam der Schwager zur
Sache, nach dem er sich auf das Sofa gesetzt
hatte, „meine Frau ist weg und ich würde sie
nie wieder zurück nehmen. Die Scheidung
muss schnell erfolgen. Ich habe morgen
einen Termin bei Greg Undwaldt", dabei sah
er Pavel nicht ohne Stolz an. „Wer ist Greg
Undwaldt?" Oleg verzog sein Gesicht, „ist
das Dein Ernst? Undwaldt ist der beste
Anwalt der Stadt. Er ist spezialisiert auf
Scheidungen." Pavel verstand die Eile nicht.
Wozu brauchte ein gewöhnliches polnisches
Ehepaar den besten Anwalt der Stadt? Oleg
strich sich durch sein Haar, „ Milena will die
Scheidung und bekommt sie. Aber ganz
schnell. Weißt Du, wie ich sie erreiche?"
Pavel zuckte zusammen. Er konnte Oleg
doch nicht ernsthaft die Adresse des Hotels
nennen. Und Werner würde schnell das
Interesse an Milena verlieren, da war sich
Pavel sicher. Sie würde irgendwann zu Oleg
zurückkehren. „Nun mal langsam. Deine

Liebe kann doch nicht plötzlich erkaltet sein. Was ist eine kleine Affäre gegen Eure Ehe?" Oleg schien unbeeindruckt, „eine Affäre ist nichts, Pavel, da hast Du Recht. Ich hatte auch eine, weil ich mich kurz in eine andere Frau verguckt habe. Aber ich bin nicht nach Hause gerannt und habe meine Koffer gepackt. Es war eine Leidenschaft, die nach vier Wochen verglüht war. Ich war danach doppelt so aufmerksam und zärtlich zu Milena und Irina hat das verstanden. Sie hat mir sogar noch Tipps gegeben, wie ich Milena verwöhne und keine Zweifel aufkommen lasse", er lächelte in sich hinein, „wirklich ein heißer Feger war das. Ich lernte sie in der Sauna kennen." Auf einmal bekam Pavel Herzrasen. Irina, seine Irina, ging auch gerne in die Sauna und wenn er sich recht erinnerte, bevorzugte sie eine Einrichtung am Rande der Stadt, dort, wo Pavel eine zeitlang gearbeitet hatte. „Im Wellnessparadies?" fragte er tonlos. Oleg nickte, „ach, das kennst Du", er betrachtete seinen Schwager, „was ist denn los, Pavel?

Du bist leichenblass. Eine Scheidung ist keine Tragödie mehr. Milena will das auch, sie ist weggelaufen." Pavel seufzte, „bist Du Dir sicher?" Als Oleg ohne Zögern nickte, seufzte Pavel, „nun gut. Ihr seid alt genug. Ich versuche, Milena zu erreichen." Er griff nach seiner Jacke. „ Schön, Du weißt, wo sie wohnt. Ich komme mit. Je eher wir alles klären, um so besser." Pavel hatte seinen Schwager noch nie so entschlossen erlebt. Er war sonst ein Zauderer, der alles gemächlich anging und jede Entscheidung mehrmals revidierte. Jetzt war es anders. Aber konnte er in den Seetraum mit ihm an seiner Seite? „Oleg, lass mich erst mit ihr reden," doch der winkte ab, „ich möchte die Sache sofort klären, Pavel. Ich kann mir denken, dass sie nicht alleine ist, aber das stört mich nicht. Ich habe diesen Werner gestern gesehen, natürlich sind sie jetzt zusammen. Ich bin kein kleiner Junge." Pavel ahnte, dass es Milena nicht passen würde, aber Oleg blieb beharrlich. Sie stiegen in Pavels Auto und fuhren los. Als sie vor dem Seetraum hielten, musste Oleg lachen, „in ein Hotel sind sie abgestiegen, meine Güte." Als sie durch das Restaurant liefen, hielt Pavel nach Irina Ausschau. Doch nur der Bucklige saß noch immer an seinem Tisch und betrachtete Pavel argwöhnisch. Pavel rief von der Rezeption in Werners Zimmer an und war erleichtert, als Milena abhob. Er bat sie, in die Lobby zu kommen. „Nein, Pavel, jetzt nicht. Was ist so dringend?" Nun musste er Farbe bekennen und gestand Olegs Anwesenheit, „ihr habt morgen einen Termin beim Scheidungsanwalt. Das willst Du doch, oder?" Milena schien erfreut und sagte, sie würde sofort kommen.

Fünf Minuten später erschienen Werner und Milena. Werner sah wie eine Katze aus, die gerade eine Maus verspeist hatte. Er strich immer wieder über seinen wohlgerundeten Bauch und leckte sich die Lippen. Milena trug ein neues Kleid und schien zufrieden. Sie setzten sich zu Pavel und Oleg an den Tisch. „Eine richtige Polenbande seid Ihr", sagte Werner laut und lachte. Dann sah er

Oleg misstrauisch an, „Sie machen jetzt aber keinen Aufstand, oder?" Oleg winkte ab, „Unsinn. Ich will die Scheidung. Das sollte auch in Ihrem Interesse sein." Pavel staunte, welche Veränderung in seinem Schwager vorgegangen war. „Sie werden sich auch scheiden lassen wollen", sagte Oleg und sah Werner fragend an. Der hob die Hände, „lass mal die Kirche im Dorf, mein Gutster", sagte er abwehrend, „bei mir ist das schwierig, das braucht Zeit." „Die habe ich nicht", Oleg legte einige Papiere auf den Tisch, „ich habe morgen einen Termin beim Anwalt und möchte alles geklärt haben. Undwaldt ist der Beste, aber nicht günstig. Ich nehme an, Sie übernehmen?" Er wies auf eine Passage in einem Vertrag. Pavel beugte sich vor, um die Zeilen lesen zu können. Als er das Honorar des Anwalts entziffern konnte, fiel er vor Schreck wieder zurück in den Sessel. Auch Milena erschrak, „sag mal, bist Du verrückt? Wir haben kein Geld." „Wir nicht", sagte Oleg betont langsam, „wir nicht, aber der." Als Werner schwieg, hielt ihm Oleg einen Stift hin, „für Sie sind das Peanuts. Sie haben meine Frau gebumst, also zahlen Sie." Einen Moment zögerte Werner, aber der bissige Blick Olegs schien Wirkung zu zeigen. Mit einem lauten Seufzer unterschrieb er, dann sah er anklagend zu Milena, „deshalb musste ich unbedingt mitkommen, ja?" Milena war das Ganze unsagbar peinlich. Ihre Blicke wanderten zwischen Werner und Oleg umher, „also ich finde das nicht gut, Oleg, wir können einen anderen Anwalt nehmen." Doch Oleg steckte den Vertrag zufrieden wieder weg, „dann dauert es unnötig lange. Ich schicke Dir die Scheidungspapiere bald zu." Er stand auf und sah zu Werner, „zu Ihnen ins Büro?" Werner schnappte nach Luft, „unterstehen Sie sich!" „Aber wohin dann? Hierher?" Milena wusste auch keine Antwort. „Zu mir", bot sich schließlich Pavel an. Milena lächelte ihn dankbar an. Als eine hübsche Frau die Lobby betrat, sah Werner gierig zu ihr. Das hatte auch Milena bemerkt. Sie wirkte nervös. Pavel wusste, dass sie mit ihrer Ehe unzufrieden war und das seit Jahren, aber Oleg würde in ihrer Gegenwart keine andere Frau anstarren.

Oleg verabschiedete sich hastig und als dieser gegangen war, beugte sich Werner vor, „sag mal, Stuka, was sollte dieser Auftritt?" Pavel hatte das Gefühl, sich und Oleg verteidigen zu müssen. Aber er hatte auch Angst, Werner als Geschäftspartner zu verlieren. „Er ist sehr verletzt", sagte er leise. Werner lachte, „so wirkte der nicht." Dann legte er seine Hand auf Milenas Knie, „komm morgen ins Büro, meine Fee. Wir fangen um acht an." Er erhob sich. Milena beobachte ihn entgeistert. Sie war davon ausgegangen, dass sie auch diese Nacht miteinander verbringen würden. „Und überzeuge Deinen Mann, dass er die Hälfte der Scheidungskosten übernimmt. Ich will Dir nicht die gesamte Rechnung Undwaldts vom Gehalt abziehen." Er nickte Pavel zu und wollte gehen. Milena rief ihn. „Noch was, Zauberfee?" Er lächelte sie gutmütig an. „Wo gehst Du hin?" fragte sie und sah ihn mit großen Augen an. „Ich kann nicht jeden Abend bei Dir bleiben. Aber für heute ist das Zimmer noch bezahlt, Du kannst hier schlafen", er drehte sich um und ging. Sie tat Pavel wahnsinnig leid. „Wenigstens hast Du einen besseren Job", versuchte er zu trösten. Dann wurde er wütend, „eine Sauerei, dass Werner auf einmal den Geizhals spielt. Wollte er denn nicht eine Beziehung? Was hat er gesagt?" Milena schluckte, „er will, dass ich bei ihm arbeite. Scheiden lassen kann er sich nicht und ein heimliches Verhältnis ist das Maximum." Pavel schlug mit der Hand auf den Tisch, „verflucht!"

Pavel trank seine Cola aus, nachdem Milena wieder auf ihr Zimmer gegangen war. Er hatte ihr zugeredet, sich heute bei Pool und Sauna zu entspannen und die restliche Zeit im Hotel zu nutzen.
Kaum saß er allein am Tisch, kam der Bucklige und blieb vor ihm stehen. „Sie sind ein tüchtiger Geschäftsmann, wie mir scheint", sagte er, dann räusperte er sich,

„Theodor Lupinski mein Name. Wenn Sie eine Hilfsstelle für einen Krüppel im Angebot haben, sagen Sie bitte Irina Bescheid."

Zwei Wochen später – Milena war erst mal bei ihm untergeschlüpft – besuchte Pavel Oleg. Erstaunt musterte er die vielen gepackten Koffer im Flur, „Du ziehst um?" Woher sollte der Arbeitslose eine neue Wohnung haben? Oleg nickte, „ein Haus im Grünen. Wenn Milena die Bude behalten will, soll sie wieder einziehen", und mit einem Lächeln legte er sein Schlüsselbund in Pavels Hand. Er bemerkte dessen fragenden Blick. „Die Scheidung ist durch, jetzt kann ich es Dir sagen", meinte Oleg versöhnlich, „ich habe im Lotto gewonnen und den Jackpot geknackt. Er war nicht großartig gefüllt, aber es reicht." Pavel glaubte, sich verhört zu haben.
Jackpot – den sollte Milena eigentlich mit Werner ziehen ...

Gelbmalerei

Sein Herz raste. Er hielt sich instinktiv an
den Armlehnen fest, um nicht vom Stuhl zu
kippen. Natürlich, er hatte es geahnt – doch
bis zuletzt gehofft, keine Nachricht von
Christina zu bekommen. Doch jetzt hatte sie
ihm geantwortet – Christina Bomann,
berühmte Berliner Malerin, inserierte unter
dem Nickname Blumenkind im
Stadtmagazin „Tip" und suchte einen Mann.
Christina Bomann, genau jene Frau, mit der
er seit sechs Monaten eine Beziehung führte.
Am liebsten hätte er sie angerufen, „hast Du
vergessen, dass Du mit mir zusammen bist?
Erinnerst Du Dich nicht an mich? Ich bin
der Typ, mit dem Du an jedem Wochenende
schläfst und in Deinem Bekanntenkreis
stellst Du mich als Deinen Freund vor." In
seinen Schläfen pochte es. Nein, er konnte
sie jetzt nicht anrufen. Wozu überhaupt noch
miteinander reden? Christina hatte ihn und
suchte trotzdem einen Mann – einen
anderen, einen Japaner. So stand es in der

Anzeige. Deshalb war es ihm anfangs so unwirklich vorgekommen. Was, zum Teufel noch mal, sollte seine Christina mit einem Japaner? Sie flog oft nach Japan, natürlich, sie liebte dieses Land und hatte dort beruflichen Erfolg, aber war es nicht leichter, dort jemanden kennen zu lernen als hier in Berlin? Aber wie viele Künstlerinnen über Fünfzig wird es geben, die sich so beschreiben mit jener Affinität zu Japan und der Mailadresse Blumenkind?

Blumenkind, so hieß Christinas erstes großes Bild, so bezeichnete sie sich scherzhaft selbst. Im Grunde war es einfach gewesen, ihre Anzeige zu finden, obwohl es Zufall war – mehr eine Intuition, dass er sie entdeckt hatte, denn seit Monaten hatte er die Inserate im „Tip" nicht mehr gelesen. Es wäre ihm wie Verrat an seiner Liebe zu Christina vorgekommen. Kontaktanzeigen lesen, das kann man just for fun tun, wenn man Single ist, dachte er sich. Immerhin hatten sie sich selbst über eine Anzeige, seine Anzeige, kennen gelernt. Das tat jetzt

doppelt weh. Sie wählte den Weg des
Kennenlernens, um ihn zu ersetzen und das,
bevor sie mit ihm Schluss gemacht hatte.
Die Zeit, bis sie etwas Neues gefunden hatte,
die durfte er ihr noch versüßen.
Er sah auf ihre Zeilen. Ja, er erkannte sie an
ihren Worten, ihrer blumigen Sprache. Er
hatte sich als Japaner ausgegeben und nun
wollte sie ein Foto von ihm. Warum ein
Japaner? Sie wollte auch eine Zeit des Jahres
in Japan leben. Interessant. Darüber hatte sie
nie mit ihm gesprochen. Im Gegenteil, sie
wollte es ruhiger angehen lassen, mit ihm
ans Meer fahren, vielleicht nach
Griechenland ziehen. Aber vielleicht hatte
sie das nur so gesagt. Sie mochte seinen
Körper, den Sex – vielleicht war das schon
alles. Für eine dauerhafte Beziehung taugte
er nicht.
Die erfolgreiche Künstlerin Christina
Bomann suchte etwas Spezielles. Vielleicht
waren auch ihre Liebeserklärungen nicht
ernst gemeint, zweimal hatte sie ihm die

berühmten drei Worte gesagt. Natürlich im Bett.

Er schrieb eine Antwort, während sein Atem stoßweise ging. Er wollte von ihr wissen, ob sie eine feste Beziehung wollte und seit wann sie keine hätte. Sie musste ihn doch jetzt verleugnen, um sich die Chancen bei dem jungen, attraktiven Japaner zu sichern. Konnte da eine 54jährige zugeben, dass sie momentan jemanden hatte und Ersatz suchte?

Als eine Kollegin sein Büro betrat, zuckte er nicht nur zusammen, er stieß sogar einen kurzen Schrei aus. Er berührte versehentlich die Löschtaste und vernichtete seine Mail. „Was ist denn mit Dir los?" Julia, die Werbekauffrau, sah ihn ungläubig an, nahm seine Hand und fühlte seinen Puls. „Und, Frau Doktor?" Er versuchte ein Lächeln, doch es gelang ihm nicht. Am liebsten hätte er geheult. Gebrüllt und geheult. „Dein Puls rast", sie schien ernsthaft besorgt, „was ist denn passiert? Du bist leichenblass". Er überlegte, ob er sich Julia anvertrauen sollte, mit der ihn ein freundliches Miteinander verband. Er war still und heimlich abserviert worden. Das war mehr als peinlich. Doch dann brach es aus ihm heraus, „meine Freundin hat eine Anzeige laufen", er zitterte, sah den überraschten Blick, „sie sucht einen Mann. Einen anderen Mann". „Was?" Julia schloss die Tür, zog sich einen Stuhl heran, „woher weißt Du das? Vielleicht ist es eine Verwechslung". Immer diese scheinbar beruhigenden Worte. Hoffnung streuen. Sinnlos! „Nein, nein. Sie hat mir gerade geantwortet. Sie ist es. Ganz sicher", er atmete tief durch, hatte aber trotzdem das Gefühl, keine Luft mehr zu bekommen. Zu ersticken. „Sie hat nichts gesagt, sie hat nicht Schluss gemacht. Wir waren zusammen wie immer. Sie schläft mit mir, sie küsst mich. Sie schreibt mir Mails, liebe, süße Mails und hat gleichzeitig ein Inserat laufen." Er sieht Julia an. Er würde es ihr nicht übel nehmen, wenn sie laut lachen würde. Es hört sich zu komisch an. Und das ausgerechnet ihm das passieren musste! Er sah gut aus, hatte Chancen und dann führte ihn eine fünfzehn Jahre ältere Frau vor wie einen Esel. „Du bist doch mit Christina Bomann zusammen?" „Gewesen", fügte er schnell hinzu, „nur wusste ich das bis jetzt noch nicht". „Und Christina Bomann gibt eine Anzeige auf und sucht einen Mann? Und wenn das ein Gag ist?" „Nein, nein", er kämpfte mit den Tränen, „sie hat doch nicht gesagt, dass sie Christina ist. In der Anzeige stand kein Name, da steht nie ein Name. Ich hab ihr als vermeintlicher Interessent geantwortet, natürlich nicht mit meinem Namen, und sie antwortet und schreibt mir, dass sie Christina Bomann ist. Sie will ein Foto von mir, sie will mich treffen." Vielleicht hätte er lieber nichts sagen sollen. Er saß da wie ein begossener Pudel, er, der erfolgreiche, kompetente Prokurist, hing auf seinem Stuhl wie ein Schluck Wasser. „Diese Ziege", er erschrak, als Julia so sprach. Ihre Augen funkelten. „Das ist wirklich eine Sauerei", sie strich durch sein Haar, „tut mir leid, ehrlich. Was sagst du ihr denn jetzt?" Er zuckte die Schultern, „ich beende das heute Abend. Habe ich denn eine Wahl? Christina hat die Weichen gestellt". Julia nickte. Sie stand wieder auf, „Du wirst diese Frau bald vergessen. Sie ist es nicht wert, dass man weiter über sie nachdenkt. Und wenn ich jemals ein Bild von ihr entdecke, werde ich drauf spucken". Er wusste nicht, ob es gut oder weh tat, jemanden so über Christina reden zu hören. Sie war doch bis jetzt die Frau an seiner Seite. Offiziell war sie es immer noch. Und wer weiß, wenn er diese verhängnisvolle Anzeige nicht zum Thema machen würde, dann wären sie vielleicht vier Wochen später immer noch ein Paar. Aber irgendwann hätte sie dann einen japanischen Assistenten, einen, der jünger war als er und der nach erfolgreich absolvierter Probezeit seinen Platz einnehmen würde. Wie auch immer, er konnte eigentlich nur verlieren.

Er tippte seine Antwort. Es war schwierig, die Tasten zu berühren. Seine Hände zitterten. Er musste sich einige Male korrigieren. Dann schickte er die Mail an Christina, an sein Blumenkind, ab. Er musste wissen, wie sie sich äußerte. Vielleicht gab sie vor, seit Monaten Single zu sein. Vielleicht hat er nie wirklich für sie existiert. Vielleicht war alles nur ein Traum. Er wandte sich einer Akte zu. Ablenken? Arbeit hatte er genug, aber ob er sich konzentrieren konnte? Am liebsten würde er ständig seine Mails checken. Aber Christina hatte heute einige Termine, das wusste er, und wann eine Antwort kam, war ungewiss. Vielleicht machte sie auch mit ihm Schluss. Aber um Klartext zu reden, war sie bis jetzt zu feige gewesen.

Er erinnerte sich an ein Gespräch mit einem Galeristen. Sie waren vorher essen gewesen und Christina hatte sich über den Mann beschwert, der sechs ihrer Bilder ausstellen wollte. Sie forderte die besten Plätze, weil sie sich gegenüber den anderen Künstlern wichtiger und erfolgreicher fühlte, „Du wirst sehen", hatte sie mit funkelnden Augen und

erhobenem Zeigefinger gedroht, „den mache
ich zur Schnecke, wenn nicht mindestens
vier Bilder im Atrium hängen werden", und
sie lobte den Mann nur deshalb, weil er es
geschafft hatte, die große Malerin Christina
Bomann zu gewinnen. „Aber so bin ich",
hatte sie erklärt, „bei mir bekommt jeder
eine Chance. Eigentlich hat der Mann keine
Ahnung, er hat eine Galerie gekauft und
kennt sich mit Kunst gar nicht aus. Aber er
weiß, dass meine Bilder seinen Laden
aufwerten und er eine Menge Geld mit mir
verdienen wird. Aber mehr als 30 Prozent
bekommt er nicht, der Frischling". Als sie in
der Galerie waren und dem Mann gegenüber
standen, war alles anders. Christina willigte
ohne Diskussion bei 50 Prozent ein und als
er ihr erzählte, dass drei ihrer Bilder
aufgrund Platzmangels zur Retour bereit
standen, zuckte nur ihr rechter Mundwinkel.
Natürlich war auch keines ihr Kunstwerke
im Atrium platziert, aber darüber verlor
Christina kein Wort. Sie tat so, als würde
alles in ihrem Sinne verlaufen.

Ein Klicken. Er fuhr zusammen. Hatte er die Funktion wirklich eingestellt? Bei einer privaten Mail gab es ein Signal, die beruflichen wurden sofort angezeigt. Er loggte sich in den Account ein, in dem er vorgab, ein japanischer Schauspieler zu sein. Das musste Christina gefallen haben.

Er hatte eine Antwort. Christina. Sie musste heiß auf den Typen sein, sie hatte ein Bild im Anhang mitgeschickt. Sie trug dieses schwarze Kleid, das den überflüssigen Speck gut kaschierte und ihre Brüste sehr vorteilhaft betonte. Sie lächelte ihn an. Dann las er die Antwort. Beziehung? Warum sei das wichtig, wenn man sich nicht mal kannte. Man begegnete so vielen Menschen. Ja, sie gab zu, dass es einen Mann gab, aber nichts Ernstes, nichts für die Zukunft. Sie wollte noch ein Baby. Ein Baby? Christina, du bist 54, du willst ein Kind? Deine Tochter ist 30, und du willst einen Nachzügler? Seit wann gibt es diesen Plan, diese Vision. Er hatte zwei Söhne, sie waren im nervigen Teenageralter und er hatte betont, auch ihretwegen, dass die Zwei ihm völlig reichen würden. Ehe und Kinder, damit war er durch. Aber von einem Baby war auch nie die Rede gewesen.

Er sah auf die Uhr. Gleich zwei Uhr. Er würde heute früher Feierabend machen und um vier Uhr bei ihr sein. Christina wollte dann zu Hause sein, sich noch eine Stunde hinlegen, bevor sie sich für ein Abendessen mit Freunden zurechtmachen würde. Jetzt bestimmte er die Regeln, jetzt hatte er ihr etwas voraus.

Es war fünf nach vier. Christina war zu Hause. Ihr Auto stand vor der Tür und er hörte ihre Schritte, als er an der Tür lauschte. Die beiden letzten Stunden waren irgendwie vergangen, aber richtig mitbekommen hatte er nichts. In seinem Kopf war nur Christinas Anzeige. Er hob die Hand. Er wusste, dass sie erschrak, wenn jemand klopfte, anstatt die Klingel zu benutzen. Seine Faust hämmerte gegen die Tür. Die Schritte verstummten. Wahrscheinlich hielt Christina ihren Atem

an. Jetzt klingelte er. Er hörte, wie sie
tapsend zur Tür schlich. Noch einmal
klopfte er. „Wer ist denn da?" Christinas
Stimme klang nicht so sicher wie sonst.
„Überraschung, mein Schatz", er hätte jetzt
gerne ihr Gesicht gesehen. War dort
Entsetzen, Erleichterung oder Freude?
Immerhin, ihr japanischer Neu-Bekannter
hatte nicht mehr geantwortet. Vielleicht
nahm sie an, ihm hatte ihr Foto nicht
gefallen. Und ihn, mit seinen Gefühlen für
sie, der sie so akzeptierte, wie sie war, den
wollte sie nicht. Ausgemustert. Als sie
öffnete, lächelte sie, „das ist wirklich eine
Überraschung. Oder hast du dich mit der
Uhrzeit vertan?" Sie küssten sich. „Ich muss
noch duschen", sagte Christina und löste
ihren Zopf. Er drückte sie an sich, „vorher
oder nachher?" Ihr kehliges Lachen erklang,
„Du denkst immer an Sex", doch sie wehrte
sich nicht, als er den Gürtel ihres
Bademantels löste. Bald gab sie ein
wohliges Schnurren von sich und schob ihn
ins Schlafzimmer. Eigentlich war ihm

danach, ihr ins Gesicht zu schlagen, als mit ihr ins Bett zu gehen. Stattdessen verwöhnte er sie, doch plötzlich hörte er auf. Ihre Hand umfasste ihn. Doch er war nicht bei der Sache. Er dachte an diese Anzeige.

Nach einer Weile löste er ihre Hände und stand auf. Christina sah ihn überrascht an, „was ist los?" Sie sah ihn mit halb geöffneten Augen an. „Hattest Du einen stressigen Tag?" fragte sie leise. Sie war es nicht gewohnt, dass sich nichts bei ihm tat. „Belanglos", sagte er laut. Er bemerkte dieses leichte Zucken ihrer Lider. „Belanglos? Dann entspann Dich", sie richtete sich auf und zwinkerte ihm zu. Er lächelte nicht. „Du hast viel zu tun. Du hast dieses Abendessen, vergiss das nicht. Manchmal scheinst du schnell zu vergessen", er genoss ihre Verwunderung, während er sprach. Sie überlegte fieberhaft, worauf er anspielte, das konnte er daran erkennen, dass sie rote Flecken im Gesicht und am Hals bekam. „Warum? Mein Gedächtnis ist gut", sie versuchte ein

Lachen, es klang gekünstelt. „Das heißt, Du hast nicht vergessen, dass Du einen Freund hast, als Du eine Kontaktanzeige aufgegeben hast?" Sie schluckte laut, „welche Anzeige?" Er hatte sich mittlerweile angezogen. Sie stand jetzt nackt vor ihm. Er betrachtete ihre Figur. Oberschenkel und Bauch hatten unzählige Dellen, doch das hatte ihn nie gestört. Sie bemerkte seinen Blick und griff nach einem Bademantel. Die intensive Begutachtung war ihr unangenehm. „Was soll das, Christina Bomann? Du bist alt genug, nicht nur, dass ich es weiß, es ist auch nicht zu übersehen. Warum gibst Du es nicht einfach zu?" Er wollte nicht allzu giftig klingen, aber seine Stimme war genau so schneidend wie seine Worte. Christina war zusammengezuckt, als hätte sie einen Schlag bekommen. „Du liest die Inserate? Das wusste ich nicht", ihre Stimme war leise. Sie sah ihn an, „dann bist Du auf der Suche". „Du verdrehst die Tatsachen", er stieß sie und sie stolperte, konnte sich aber auf den Beinen halten, „Du hättest einfach anständig mit mir Schluss machen sollen, das werfe ich Dir vor. Das und allein das!" Sie ging in das Wohnzimmer und er folgte ihr, „wie kaltherzig bist Du?" fragte er laut. Christina setzte sich auf das Sofa, dann hielt sie sich den Kopf und schloss kurz die Augen, als würde sie angestrengt nachdenken. „Es war doch nur eine Idee", sagte sie dann, „das hat nichts mit Dir zu tun". Er lachte höhnisch, „ach, entschuldige, dass ich darauf nicht gekommen bin. Meine Freundin gibt eine Kontaktanzeige auf, warum meine ich eigentlich, dass es mit mir zu tun hat?" Er hatte die Hände in die Hüften gestemmt. Christina mochte es, wenn er so dastand, sie fand ihn dann besonders attraktiv – sollte sie sehen, was sie gerade verlor. „Aber wenn ein Japaner gekommen wäre, jünger und biegsamer, dann hättest Du Dich schwängern lassen und mich in die Wüste geschickt, ja?" Christina schüttelte den Kopf, „Du warst das also. Du hast mir die Mails geschickt". „Welche Mails? Hast Du

schon einen Kandidaten an der Hand?" Er
wollte Zeit gewinnen. Er war sich nicht
sicher, ob er zugeben sollte, unter falschem
Namen geantwortet zu haben. Hatte
Christina denn überhaupt die Wahrheit
verdient? „Ich habe nicht geglaubt, dass ich
jemanden finde. Aber ich habe diese
Idealvorstellung, diesen Traum, noch schnell
ein Kind zu bekommen und auf drei
Kontinenten zu leben. Ich habe drei
Antworten bekommen, aber nur von einem
Japaner. Er schrieb nett, aber er wollte
unbedingt wissen, ob ich Single bin und als
ich ihm von Dir schrieb, hat er sich nicht
mehr gemeldet". „Tut mir sehr leid", sagte
er aufgebracht. Sie sah auf, „eine Frau hat
mich beschimpft und ein älterer Mann
meinte, er wäre noch sehr potent", sie zog
ihren Bademantel enger zusammen, „das
war alles. Es hat nichts gebracht und im
Prinzip war mir das klar. Warum soll ich
eine Beziehung beenden, mit der ich
zufrieden bin, nur weil ich das bestätigt
haben wollte? Ich will mit Dir zusammen

bleiben, das war und ist so". Er hätte
Christina am liebsten genommen und
geschüttelt. Glaubte sie wirklich, was sie da
sagte? „Du machst Dir jetzt gerade selbst
etwas vor, oder besser, mir. Wenn Du genug
Interessenten hättest, würde es ganz anders
aussehen. Der Wunsch nach einem Kind ist
doch keine Laune, die man heute hat und
morgen nicht mehr. Du suchst einen
anderen, doch solange der nicht gefunden
ist, willst Du mich behalten. Ist ja auch
praktisch. Aber nicht für mich". Wollte er
wirklich gehen? Die Beziehung zu der
berühmten Berliner Malerin Christina
Bomann beenden? Sie hatte ihm viele
Kontakte vermittelt. Er hatte Events besucht,
zu denen er ohne sie nie eingeladen worden
wäre. Sie hatten aufregende Stunden
miteinander verlebt. Das war jetzt vorbei. Er
wollte nicht mehr, er hatte kein Vertrauen
mehr. Er wandte sich ab und ging. Ihren
erstickten Schrei hörte er nicht mehr.
Es vergingen keine zehn Minuten, als sein
Handy klingelte. Er sah auf sein Display, es

war natürlich Christina. Er meldete sich. Die Künstlerin schluchzte. Christina Bomann hatte einen Weinkrampf. Das passte nicht zu ihr. „Wo bist Du?" Er konnte sie kaum verstehen. „Was soll das noch, Christina? Es ist alles gesagt", er winkte ein Taxi heran. „Nein, gar nichts ist gesagt", sie hustete, räusperte sich, „ich möchte mich bei Dir entschuldigen. Es tut mir leid." „Schon gut". „Lass uns reden, bitte", sie seufzte laut, „Du kannst doch nicht wegen dieser lächerlichen Sache Schluss machen". Er stieg in das Taxi ein, „Sandlergasse, bitte", sagte er zu dem Fahrer. „Was?" rief Christina in den Hörer, „soll ich zu Dir kommen?" „Nein, komm nicht zu mir. Finde erstmal zu Dir selbst", dann drückte er sie weg. Der Taxifahrer zwinkerte ihm zu, „nicht Ihr Typ?" „Christina Bomann", sagte er und fügte noch hinzu, „die Malerin". Der andere Mann nickte wissend, „ich kann Sie verstehen, würde mir auch nicht gefallen – zu alt, zu dick und zu faltig".

Er sagte nichts weiter. Aber es tat ihm auch nicht weh, dass jemand so über Christina sprach.

Ausgemalt

Sein Herz raste. Er hielt sich instinktiv an
den Armlehnen fest, um nicht vom Stuhl zu
kippen. Die Schlagzeile der Tageszeitung
verschwamm vor seinen Augen, doch er
hatte den Text schon mehrere Male gelesen,
er kannte ihn auswendig. Auch im Radio
brachten sie es zu den Nachrichten, zu jeder
vollen Stunde: die berühmte Berliner
Malerin Christina Bomann war tot. Im Alter
von 54 Jahren war sie in ihrer Wohnung
leblos aufgefunden worden. Sie hatte eine
schwere Kopfverletzung; es war ungeklärt,
ob sie gestürzt war oder jemand sie
absichtlich verletzt hatte. Dann war es Mord
oder Totschlag. Er konnte nicht glauben,
dass Christina fort war, für immer.
Seit drei Monaten waren sie getrennt
gewesen und er war sich nicht sicher, ob er
ihr diese Anzeige verziehen hatte. Aber sie
hatten sich weiterhin getroffen; Christina
hatte darum gekämpft. Sie hatte ihm Blumen
nach Hause geschickt und Theaterkarten.

Dann waren sie auch wieder im Bett gelandet. Es war fast so wie früher gewesen, diese Nähe. Doch die würde es jetzt nicht mehr geben. Ihm blieben nur die Erinnerungen, die Gedanken.

„Die Kripo ist im Haus!" Er hörte den Satz jemanden auf den Flur rufen. Das musste Oskar sein, der Marketingleiter; ein kleiner, dünner Mann mit strähnigen, grauen Haaren. Der hatte ihn heute schon dreimal auf Christina angesprochen, „Deine Frau ist gestürzt", das waren seine Worte gewesen – so, als wären sie noch ein Paar und als dürfe man nicht in Betracht ziehen, dass Christina ermordet worden sei. Spielte das denn eine Rolle? Christina war tot. Er würde nie wieder ihr Haar riechen, sie küssen, mit ihr reden können. Jetzt steckte Oskar seinen großen Kopf in sein Büro, „ach, Junge, es geht um Deine Christina. Beamte von der Kriminalpolizei sind hier, sie sind auf dem Weg zu Dir. Vielleicht gibt es neue Erkenntnisse, aber natürlich müssen sie mit Dir....". Abrupt verschwand sein Kopf wieder. „Danke, das übernehmen wir", eine fremde Frauenstimme. Er hörte Oskars Schritte. Zögerlich, als überlegte der, sich nicht einfach so wegschicken zu lassen, auch nicht von der Polizei.

Ein Klopfen. „Ja?" Er stand auf, öffnete seine Tür nun ganz. Eine Frau stand vor ihm, „Jan Schlüter?" Er nickte, bat sie herein. Sie nannte zwei Namen, doch er hatte sie in derselben Sekunde vergessen. Den hinter ihr her huschenden Kollegen nahm er nur am Rande wahr. „Die Obduktion von Frau Bomann hat ergeben, dass sie einen heftigen Schlag auf den Kopf erhalten haben muss", ohne Umschweife wurde ihm das gesagt. Er spürte einen Stich in der Herzgegend. „Wirklich?" Er stolperte, hielt sich am Schreibtisch fest, „das ist ja furchtbar." Die Polizistin nickte, „ja, das ist zumindest Totschlag. Die Tatwaffe fehlt. Auch sonst haben wir kaum Anhaltspunkte. Wann haben Sie Frau Bomann zuletzt gesehen? Eine Liebesbeziehung hatten sie nicht mehr, oder?" Er schüttelte den Kopf,

„wir hatten uns getrennt, waren aber befreundet. Wir haben uns jede Woche gesehen, erst letzten Donnerstag bei einer Vernissage. Christina hat mir eine Einladungskarte geschickt". Der Beamte räusperte sich, sagte aber nichts. „Verzeihen Sie, Herr Schlüter, aber hatten Sie noch Gefühle für Frau Bomann?" Die Frau hatte sich nach vorne gebeugt. Was sollte er dazu sagen? Er wollte sich hier nicht offenbaren. Das ging niemanden etwas an. „Nein, nur freundschaftliche", erwiderte er dann. Kaum Anhaltspunkte, wiederholte er in Gedanken. Sie wissen nichts. Kaum Anhaltspunkte. „Unsere Verliebtheit hatte sich längst abgeschwächt. Aber wir mochten uns, vertrauten uns. Deshalb sind wir Freunde geblieben". Er spürte die Hitze in seinem Gesicht und hoffte, dass er jetzt nicht errötete. Er war schon immer ein schlechter Lügner gewesen. Er hätte sich niemals von Christina getrennt, wenn sie nicht diese Anzeige aufgegeben hätte. Sollte er die Story erzählen? Sie wussten vielleicht schon etwas. Er war sicher nicht der Erste, mit dem sie sprachen. Wahrscheinlich wurde jetzt alles untersucht, alles, was Christina in den letzten Wochen und Monaten getan und nicht getan hatte. Er konnte auch nicht ausschließen, dass Christina weitere Anzeigen aufgegeben hatte. Akribisch hatte er jede seiner Meinung in Frage kommende Zeitschrift durchforstet, aber Christina konnte auch das Internet genutzt haben. Und zwei ihrer Freundinnen wussten von dem Inserat, das hatte sie ihm erzählt. Betty hatte ihr dazu geraten. Dabei hatte die immer wieder versucht, mit ihm zu flirten und ihn einzuladen.

„Christina wollte ihr großes Glück finden", als er das sagte, sah ihn auch der Beamte interessiert an. Sie ahnten, dass sie einen Anhaltspunkt bekamen, etwas, das es bislang nicht gab. „Sie hat eine Anzeige aufgegeben, vielleicht auch mehrere". „Hat sie Ihnen das erzählt?" Die Beamtin schlug ihr Notizbuch auf. „Ich habe es zufällig herausgefunden. Wir haben uns ausgesprochen und getrennt", er sagte es, als wäre es etwas Beiläufiges. „Waren Sie wütend?" Es war das erste Mal, dass der Mann eine Frage an ihn stellte. Er nickte, „natürlich. Ich war verärgert über Christinas Feigheit. Wir haben uns gestritten", auch das würde Betty ihnen sagen. „Aber es war auch klar, dass es keine gemeinsame Zukunft gab. Wir waren nicht mehr sehr verliebt gewesen. Deshalb war es möglich, in Kontakt zu bleiben". Er nannte den Namen der Zeitschrift, in der er Christinas Anzeige entdeckt hatte. Kurz darauf verabschiedeten sich die Beamten.

Er hörte Christinas Lachen, erinnerte sich an einen Ausflug nach Hamburg. Sie hatten eine Ausstellung besucht und danach waren sie verliebt durch die Stadt geschlendert, umarmt. Jemand hatte Christina erkannt und um eine Unterschrift gebeten. Sie war ganz aus dem Häuschen gewesen. Spontan hatten sie beschlossen, nicht am Abend nach Hause zu fahren und sich ein Hotelzimmer

genommen. Es wurde eine sehr
leidenschaftliche, romantische Nacht. Er
hatte am Morgen in der Firma angerufen und
Ärger bekommen. Schließlich hatte er keine
Krankheit vorgetäuscht, sondern erzählt,
dass er mit seiner Freundin zusammen war.
Doch er hätte sogar eine Abmahnung in
Kauf genommen, weil ihm die Stunden mit
Christina so wertvoll waren. Er hatte
überlegt, ihr einen Heiratsantrag zu machen,
weil er sich unsagbar wohl bei ihr fühlte.
„Wie geht es Dir?" Er zuckte zusammen, als
er Oskars Stimme hörte. Er stand direkt vor
ihm und betrachtete ihn nachdenklich,
„vielleicht solltest Du Dich ins Bett legen".
Jan lächelte kurz, „danke, aber da würde ich
jetzt verrückt werden". Demonstrativ griff er
nach einer Akte, „ich lenke mich besser ab".
Doch wieder schweiften seine Gedanken zu
Christina. Er sah ihr langes Haar, er roch es
förmlich. Vielleicht hatte sie ihm schon
verziehen. Heute Abend würde er die kleine,
aber sehr schwere Statue in den Fluss

versenken. Vielleicht kam noch jemand auf
die Idee, seine Wohnung zu durchsuchen.

Die Übergabe

Mila war müde. Das war sie oft in letzter
Zeit, aber jetzt konnte sie sich kaum auf den
Beinen halten. Nur fünf Minuten! sagte sie
sich und sank auf das Sofa. Nach wenigen
Sekunden war sie eingeschlafen. Unruhig
wälzte sie sich umher und als sie eine
Stunde später durch das Klappen der Tür
geweckt wurde, fühlte sie sich nicht besser.
Ihr Sohn stand vor ihr, sah sie vorwurfsvoll
an, „wolltest Du mich nicht abholen?" Er
wusste nichts von ihrer Krankheit. Sie hatten
entschieden, er sei mit sieben Jahren zu jung
für die Wahrheit. Seitdem nahm die
zwölfjährige Tochter ihr einiges ab. „Meine
Güte, ja!" Sie warf einen erschrockenen
Blick auf ihre Uhr, „so spät!" „Ronnys Vater
hat mich gebracht", er sah sie misstrauisch
an, „bist Du krank?" Mila zuckte kurz
zusammen. Sie fühlte sich schäbig, ihr Kind
anzulügen. Sie selbst hatte ihn immer zur
Ehrlichkeit ermahnt. „Ich bin müde", sagte
sie lächelnd. Christoph betrachtete sie

weiterhin kritisch, „Du solltest zum Arzt. Du bist oft müde." Mila war froh, dass in diesem Moment ihr Mann nach Hause kam. Endlich hatte er mal früher Feierabend. Jetzt brauchte sie ihn besonders, jetzt wurde ihr schmerzlich bewusst, wie wenig Zeit sie miteinander verbrachten.

Peter grüßte laut, küsste sie auf die Wange und gab Christoph einen Stups. Als er nach oben ging, folgte ihm Mila. Er legte seine Mappe ab und sie umarmte ihn. Für einen Moment ließ er sie gewähren, dann machte er sich frei, „ich habe heute Abend noch eine Besprechung", er sah sie kurz an, „wie geht es Dir?" „Es wäre gut, wenn Du bleiben könntest", wenigstens sollte diese verfluchte Krankheit Grund genug sein, Peter im Haus zu halten. „So schlimm?" Sie hörte mehr Enttäuschung als Besorgnis aus seiner Stimme. „Heute ist nicht mein Tag", sagte sie entschuldigend, „ich brauche Dich." Es schien ihr, als sei ihm das unangenehm, aber sie schob es auf die Situation, mit der sie nur schwer umgehen konnten.

Sie freute sich auf das Leben danach, wenn sie die Zeit besser genießen würden, weil ihnen die Endlichkeit bewusst geworden war. Den Tod verdrängte sie nicht, aber er erschien ihr unwahrscheinlich. Die Ärzte hatten ihr beste Prognosen gestellt – natürlich unter der Voraussetzung, sie möge sich schonen – und sie hielt es nur für gerecht, dass sie als Ehefrau und Mutter dreier Kinder weiter leben durfte und musste.

„Ich muss erst telefonieren", er klang gereizt, betrachtete sie abschätzend, „es geht um eine wirklich wichtige Besprechung. Drei Herren aus Spanien, Manager einer großen Telekommunikationsfirma, sind hier. Ich muss sehen, wo ich die lasse, wenn es Dir so schlecht geht." Sein Ton war ein einziger Vorwurf. Mila schluckte, „schon gut, geh nur." „Wirklich?" fragte Peter erleichtert. Als sie nickte, lächelte er. Seine Freude tat weh. Sie spürte einen Stich ins Herz.

Es war elf. Die Kinder lagen im Bett und Mila saß allein im Wohnzimmer. Sie hatte versucht, einzuschlafen, aber es ging nicht, trotz ihrer Erschöpfung. Sie brauchte jetzt jemanden zum Reden. Peter kam sicher erst in zwei, drei Stunden.

Kurzentschlossen zog sie ihre Jacke an und fuhr zu ihrer besten Freundin Jane, die ging nie vor Mitternacht ins Bett und war immer für sie da. Sie parkte direkt vor Janes Haus. Ein silberner Van stand in der Auffahrt, genau dieselbe Marke fuhr auch Peter. Als sie ausgestiegen war, sah sie das Kennzeichen. Es war sein Wagen. Sie bekam Herzrasen. Was hatte das zu bedeuten?

Jane und Peter konnten doch kein Verhältnis haben, nein! Bestimmt planten sie etwas für sie – aber was? Und gab es die Spanier oder hatte er sie erfunden?

Unschlüssig stand Mila vor dem Haus. Sie machte einen Schritt nach links und konnte ins Wohnzimmer sehen. Es war leer.

Komisch! Während Milas Atem stoßweise

ging, lief sie hinter das Haus und spähte dort ins Schlafzimmer. Vor Schreck machte sie einen Schritt rückwärts und stolperte. Sie konnte gerade noch einen Schrei unterdrücken, aber ein Blumentopf war scheppernd umgefallen. Sie rappelte sich wieder auf und wagte einen erneuten Blick. Vielleicht hatte sie eine Sinnestäuschung? Peter in den Armen einer anderen Frau, noch dazu in denen ihrer besten Freundin, das ging doch nicht. Doppelter Betrug. Hatte sie jetzt auch noch einen Tumor im Kopf, der ihr solche Streiche spielte? Immerhin war der Krebs bereits von ihrer Brust in die Gebärmutter gewandert, warum sollte er nicht weiter gestreut haben?

Mila sah die beiden in inniger Umarmung. Es war wilde Leidenschaft, oder war es sogar Liebe? Sie schlich sich davon wie ein Einbrecher, ging um das Haus zurück. Sie setzte sich in ihren Wagen und wartete eine Weile. Was tun? Wie sollte sie sich verhalten? Mit Peter, das war vorbei. Sie könnte ihm nie mehr vertrauen.

Jetzt fielen ihr seine Ausreden, seine Zurückweisungen ein. Seit drei Jahren ging das so, dachte sie. Da war die Party seines Chefs gewesen und sie hatte die Blicke zwischen Peter und dessen Tochter bemerkt, und ihn sogar darauf angesprochen. Er hatte das abgetan. Dann gab es einen wichtigen Auftrag und er war seltener zu Hause und seine Zärtlichkeiten ließen nach. Sie hatte es auf die dann vollzogene Beförderung geschoben, doch jetzt wusste sie es besser. Mila erschrak, als ihr Handy klingelte. Zitternd holte sie es aus ihrer Jackentasche. War sie bemerkt worden und es war Peter, der nun anrief? Nein. Unbekannte Nummer stand auf ihrem Display. Und das um diese Uhrzeit, dachte sie verwundert. Neugierig nahm sie den Anruf an. „Frau Bieler? Verzeihung, hier ist Berger", das war ein enger Mitarbeiter Peters, „es ist sehr dringend und ich erreiche Peter nicht. Es geht um einen Vertrag und ich müsste das gleich abklären. Wo steckt er denn?" In einer anderen Frau, hätte Mila am liebsten geantwortet, stattdessen versprach sie routinemäßig den umgehenden Rückruf. Jetzt war sowieso alles egal! dachte sie und drückte auf die Hupe. Noch Mal. Es konnte ruhig jeder sehen, dass sie ihren Mann aus dem Haus seiner Geliebten holte. Aber wahrscheinlich wusste bereits jeder Bescheid – jeder außer ihr, der armen krebskranken Frau, die man zum Narren halten durfte, um sie nicht zu belasten. Mila drückte noch einmal auf die Hupe. So verrückt es war, es war die komischste Situation seit Beginn ihrer Krankheit. Es waren einige Köpfe an den Fenstern erschienen, als endlich Jane auf ihre Veranda trat. Einen Moment starrte sie wie gebannt auf Milas Wagen, dann lief sie hektisch zurück. Keine Minute später verließ Peter das Haus und kam auf sie zu. Er öffnete die Beifahrertür und setzte sich neben sie. Laut atmend machte er einige Versuche, etwas zu sagen, doch er stotterte nur. Mila hätte am liebsten gesagt, er solle aufhören, wie ein Baby zu brabbeln, doch sie schwieg. Das machte es ihm viel schwerer. „Es tut mir leid", sagte er endlich. Dann legte er sogar seine Hand auf ihre, doch Mila zog sie weg. „Warum?" fragte sie. Er sah sie hilflos an, „ich weiß es nicht." „Du weißt nicht, warum es Dir leid tut?" Peter verschluckte sich und hustete, „doch, das weiß ich, Mila, natürlich. Ich dachte, Du willst wissen, warum ich ...". Doch Mila winkte ab, „lassen wir das." Bevor ihr verdutzter Ehemann dazu etwas sagen konnte, warf sie ihm ihr Handy in den Schoß, „Du sollst Berger anrufen, dringend. Das ist der Grund, warum ich dieses ganze Theater veranstaltet habe. Nur deshalb!" Mila genoss das völlig aus der Fassung geratene Gesicht ihres Mannes. Wahrscheinlich war er fest davon überzeugt, Milas Eifersucht hätte dieses Hupkonzert zu verantworten. Nun ging es um Berger. Peter wirkte hässlich mit seinen Zügen. Eine Stirnfalte grub sich tief in seine Haut. „Ich kann doch jetzt nicht Berger anrufen", sagte er resigniert. „Das solltest Du. Es ist sehr wichtig." Unentschlossen griff er nach dem Handy. Mila sah, dass Jane wieder auf ihrer Veranda erschienen war und nach ihnen schaute. Doch als Mila den Kopf hob, ging sie wieder.

Peter telefonierte stotternd mit Berger. Der fragte ihn, ob alles in Ordnung sei, das hörte Mila, doch natürlich gab ihr Mann vor, lediglich übermüdet zu sein.

Nachdem er ihr das Handy zurückgegeben hatte, saß er zusammen gesunken neben ihr. „Du kannst wieder zu Jane. Ich fahre nach Hause", schlug Mila vor. Peter sah sie entsetzt an, „bist Du verrückt?" Mila zuckte die Schultern, „warum? Sie ist Deine Geliebte, geh zu ihr." Er hob abwehrend die Arme, „ich fahre Dir mit meinem Wagen hinterher." Als er ausgestiegen war, fuhr Mila los.

Er musste sehr schnell gefahren sein, er kam nur zwei Minuten nach ihr und sie hatte diesmal nicht auf die Geschwindigkeitsbeschränkungen geachtet. „Warum bist Du so gerast? Hattest Du das

Gefühl, der Teufel wäre hinter Dir her?"
Statt einer Antwort lächelte sie.

„Du solltest Jane anrufen. Sie wird sich
Gedanken machen, versetz Dich mal in ihre
Lage", riet Mila. Doch es schien, als wollte
er nun – da seine Tat entdeckt war – sein
ehrenwertes Familienleben weiter führen,
denn er versuchte, Mila zu umarmen. Die
Erwähnung seiner Geliebten hatte ihn kurz
innehalten lassen. Angewidert verzog er sein
Gesicht.

Mila gähnte laut, „ich muss schlafen", sagte
sie und ging ins Bad. Als sie wieder ins
Zimmer kam, stand Peter immer noch so, als
hätte er sich die vergangenen zwanzig
Minuten nicht bewegt. Schließlich folgte er
Mila ins Schlafzimmer.

Peter sah sie ängstlich an, „wirfst Du mich
jetzt aus dem Bett?" Mila zuckte nur
gleichgültig die Schultern, „Du kannst
schlafen, wo Du willst." Sie merkte jetzt,
wie kaputt sie war und dass sie unbedingt
liegen musste. Peter nahm zögerlich seine
Bettseite in Beschlag, blickte noch einmal

verstohlen zu ihr hinüber, bevor er die Decke über sich zog.

Am nächsten Morgen nahm Peter frei. Sie hörte sein Telefongespräch mit und war darüber überhaupt nicht froh. Hoffentlich erwartete er nicht, dass sie seine Zeit mit ihm teilte. „Fahr zu Jane", sagte Mila schnell, „sie wartet sicher auf Dich." „Wieso Jane? Wir beide müssen reden", er wirkte irritiert. „ Such Dir einen Anwalt. Inzwischen kannst Du zu Jane ziehen. Die Kinder besuchen Dich, wann immer sie mögen", sie überlegte, „das ist doch okay, oder?" Er schüttelte den Kopf, „ich kann nicht zu Jane gehen", meinte er dann. „Dann nimm Dir ein Hotel, irgendwas. Oder soll ich mit den Kindern ausziehen?" Das wehrte er sofort ab. „Dann bleibt nur Dein Auszug, und zwar sofort." Mila wollte ihn nicht mehr sehen. Peter war überrascht. „Ich will um unsere Ehe kämpfen, ich will Dir helfen, die Krankheit zu besiegen", sagte er, „mein Verhältnis zu Jane ist beendet." Mila winkte

ab, „Unsinn. Jane ist eine attraktive Frau.
Ich brauche kein Mitleid, Peter. Du musst
gehen, ich komme allein besser zurecht",
das hoffte sie jedenfalls. Er fasste sie an den
Schultern, „bitte, Mila, wir sind doch ein
Team." Mila machte sich los, „mein
Vertrauen in Dich ist zerstört." Langsam
ging er ins Schlafzimmer und sie hörte, wie
er einen Koffer vom Schrank zerrte. Als sie
ein Knallen und seinen Schrei hörte, fiel ihr
ein, dass sie altes Spielzeug ihres Sohnes auf
den Koffer gelegt hatte. Peter war eine
Rassel auf den Kopf gefallen.
„Hast Du Dir weh getan?" fragte sie und
betrachtete ihn, wie er mit
schmerzverzerrtem Gesicht auf dem Bett
hockte. „Dieses verfluchte Ding ist aus
massivem Holz", erklärte er anklagend,
während er auf die Rassel zeigte, die
entzwei gebrochen war und wie ein
verwundetes Tier auf dem Boden lag. „Aber
an Deinem Schädel kapituliert sie", sagte
Mila lachend, während sie das Spielzeug
aufhob. „Wenigstens sorgt meine

Gehirnerschütterung für Belustigung", er stand auf, „aber besser verdient habe ich es nicht." Er wollte noch etwas sagen, doch Mila verließ das Zimmer.

Sie fuhr ihn zu Jane. Nach langem Hin und Her hatte er schließlich eingewilligt, sich zu ihr fahren zu lassen. Immer wieder hatte er sein Gesicht verzogen und auf ein Hotel bestanden. Doch Mila hatte nicht nachgegeben. Sie wollte das Gesicht von Jane sehen, wenn ihr Peter regelrecht übergeben wurde wie eine Handelsware. Sollte sie sich über seine übelriechenden Füße ärgern und die nächtlichen Blähungen ertragen, wie sein Schnarchen und den ausgeprägten Geiz.

Als sie vor Janes Haus hielten, hupte Mila zweimal kurz. Peter fuhr zusammen, „herrje", murmelte er und bekam einen roten Kopf. Jetzt war sicher, dass der eine oder andere Nachbar die Gardine zur Seite ziehen und neugierig auf die Straße sehen würde. Auch Jane lupfte ihre Jalousie und traute ihren Augen kaum. In der festen

Überzeugung, dass die beiden zu einer Aussprache kamen, öffnete sie die Tür. „Mila, ich entschuld...", dann sah sie auf die drei Koffer. Ihr wurde übel. „Der Rest kommt später", Mila lächelte ihr zu, „wir sind erwachsen, Jane, was sollen wir ein Drama veranstalten. Ich will ihn nicht mehr, jetzt kannst Du ihn haben". Jane sah zu Peter, „aber ich ..., ein Hotel wäre doch die beste Lösung!" Peter stand unschlüssig zwischen den Frauen, die ihn beide nicht wollten, er kam sich vor wie ausrangiert. Jane sah eine Nachbarin interessiert vor ihrem Garten stehen. „Kommt besser rein", sie gab die Tür frei und Mila und Peter gingen, beladen mit den Koffern, in die Küche, Janes gemütlichster Raum, in dem sie Gäste empfing und bewirtete. „Ich will Eure Zweisamkeit nicht lange stören", sagte Mila, „Ihr müsst Euch sicher auch erst aneinander gewöhnen, jetzt, wo Ihr miteinander lebt." Sie hätte beinahe gelacht, als sie sah, wie Janes Mundwinkel entgleisten. „Miteinander lebt? Mila, es tut mir leid, es war eine dumme Affäre, die sich plötzlich ergab. Ich will Dir den Mann nicht wegnehmen, schon gar nicht jetzt, wo es Dir so schlecht geht. Gefühle waren nicht im Spiel", es klang ehrlich und der schuldbewusste Gesichtsausdruck Janes bestätigte das. „Schon gut", Mila wehrte ab, „Gefühle sind bei mir auch nicht mehr im Spiel, und meine Krankheit schaffe ich auch alleine. Wenn ich Peter gebraucht habe, war er lieber bei Dir im Bett. Deshalb ändert sich für mich nicht viel." Sie nickte beiden zu und ging.

Im Haus stellte sie einiges um, dann rief sie ihren Sohn Bernd an, der bereits zwanzig Jahre alt war und eine Wohnung mit seiner Freundin Gabi hatte. Die Nachricht von der Trennung schien ihn nicht zu überraschen. Er gratulierte ihr sogar zu ihrer Kraft, in dieser Situation solch eine Entscheidung zu treffen und wollte am nächsten Wochenende vorbei kommen. „Und lass Dich auf nichts ein", meinte er, „Jane wird bald genug von ihm haben und dann klingelt er wieder bei Dir."

Julia und Christoph waren von dem Auszug ihres Vaters schockiert. Ihr Jüngster saß niedergeschlagen auf dem Sofa und verstand nicht, warum sich seine Eltern so plötzlich trennten. „Er ist mit Jane zusammen, die Beiden verstehen sich besser", erklärte Mila. Julia beruhigte ihren Bruder, so gut es ging und brachte ihn dann auf sein Zimmer. Sie wollte Mila allein sprechen, „er ist wegen Deiner Krankheit gegangen, richtig? Und vögelt Deine beste Freundin!" „Die Krankheit macht mich nicht attraktiver", sagte Mila, „aber wahrscheinlich wäre das auch so passiert." Julia war wütend, „ach was! Wenn Du Papa sprichst, sag ihm, dass ich ihn nie wieder sehen will", dann verließ sie das Haus.

Mila musste zugeben, dass sie Julias Verhalten gut fand. Sie wusste, dass es Peter belasten würde, wenn sich das Verhältnis zu seinen Kindern, besonders zu seiner einzigen Tochter, verschlechtern würde. Sie schämte sich dafür, aber sie gönnte ihm das.

Den Termin beim Arzt hatte sie verdrängt und beinahe vergessen. Der fragte zuerst, ob es etwas Neues gäbe und sie erzählte ihm von der Trennung. Sie glaubte, das würde ihn freuen, das zeugte doch von Tatendrang, aber seine Miene verfinsterte sich. „Sie werden Ihre Gründe haben, aber für Ihre Kinder könnte das ... nun, wenn ein Elternteil auszieht und das andere stirbt, das ist schon ...". Mila stockte der Atem. „So schlimm steht es?" Sie sackte auf den Stuhl zurück. Der Arzt wehrte ab, „so schlimm steht es nicht, aber wir müssen das in Betracht ziehen. Der Krebs ist nur noch in der Brust, das ist schon erfreulich, wir haben eine kleine Schlacht gewonnen. Allerdings hat er sich dort vergrößert. Deshalb sollten wir jetzt operieren, gleich morgen. Vertrauen Sie mir, wir schaffen das." Mila nickte.

Sie sprach am Abend mit Julia und fragte, wen sie sich als Betreuung wünsche. In Betracht kamen Peter, Bernd und ihre Schwester Rena. Peter schied sofort aus. „Wer eben Zeit hat", meinte sie dann, „Bernd muss arbeiten, wahrscheinlich wird es Rena". Die erklärte sich sofort einverstanden, am nächsten Morgen zu ihnen zu kommen. Mila war nervös und packte einen kleinen Koffer. Sie überlegte, Peter Bescheid zu geben, verwarf den Gedanken aber wieder. Was ging einen Mann, der sie betrog, ihre Operation an? Sie versuchte, sich auf einen Roman zu konzentrieren, aber es gelang nicht.

Sie fuhr mit einem Taxi ins Krankenhaus. Rena und Julia wollten sie bringen, doch sie hatte abgelehnt. Christoph hatte nun auch mitbekommen, dass seine Mutter ernsthaft erkrankt war und brauchte besondere Betreuung. Wieder einmal schalt Mila sich, dass sie ihren jüngsten Sohn nicht von Anfang an eingeweiht hatte. Es war Peters Idee gewesen, aber das erleichterte ihr

Gewissen nicht. Er fand es unverantwortlich, einen Siebenjährigen mit dem möglichen Tod der Mutter zu konfrontieren, so hatte er es ausgedrückt. Sie hatte den Arzt nicht gefragt, ob sie den OP als Amazone verlassen würde, doch eigentlich war ihr das egal.

Mila öffnete die Augen. Peter tauchte in ihrem Blickfeld auf, erst schemenhaft, dann sah sie ihn immer deutlicher.

Die OP ist schief gegangen und ich bin tot! dachte Mila und erschrak. Sie schloss die Augen für einen Moment, doch ihr Mann verschwand nicht. Jetzt beugte er sich zu ihr und rief ihren Namen.

„Warum bist Du hier?" Mila erschrak über ihr eigenes Krächzen. „Wir sind verheiratet", er nahm ihre Hand und sie musste es geschehen lassen, so kraftlos war sie, „es war zwar Zufall, dass ich von Deiner OP erfuhr, aber ich bin sofort losgefahren."

„Wir sind doch getrennt", Mila befühlte den Verband an ihrem Oberkörper. Scheinbar war noch alles so wie vorher.

Peter gab endlich ihre Hand frei, „ich hätte mich gerne um die Kinder gekümmert, während Du hier bist." Mila machte eine abwehrende Handbewegung, „das wollten sie nicht. Und ich muss jetzt schlafen, bitte fahr nach Hause." Zögernd stand er auf und ging. Sie fühlte sich erleichtert, als die Tür zufiel.

Der Arzt hatte einen Gesichtsausdruck, aus dem sich nichts ablesen ließ. Mila war auf alles gefasst. „Soweit gut", zwei Worte nur, dann ein Nicken. Mila hatte keine Fragen. Genaues weiß man erst hinterher, dachte sie, hinterher, wenn es zu spät ist. Wenn man Jahrzehnte seines Lebens an eine dumme Ehe vergeudet hat und bemerkt, dass der Seelenschmerz sich als Krebs durch den Körper frisst.

Mila sollte noch drei Tage in der Klinik bleiben und sich ausruhen. Peter kam in dieser Zeit nicht mehr vorbei. Stattdessen wurde sie täglich von ihren Kindern und Rena besucht. Über ihren Mann wurde nicht gesprochen. Jane hatte eine Karte mit

Genesungswünschen geschickt, die umgehend entsorgt wurde.

Als Mila zurück ins Haus kam, ging es ihr besser. Sie galt erstmal als geheilt, sollte sich aber noch einer Therapie unterziehen. Ihr erster Anruf galt einem Anwalt, jetzt wollte sie schnell die Scheidung.

Am Abend drehte sich der Schlüssel im Schloss und Peter stand plötzlich im Wohnzimmer. Er fragte sie, was sie von einer Versöhnung halten würde, er hätte sich endgültig von Jane getrennt. „Völlig unnötig", erwiderte Mila, „ich habe heute die Scheidung eingereicht". Das Gesicht ihres Mannes wurde weiß, „was hast Du?" Er sah sie entgeistert an, dann legte er die Schlüssel auf den Tisch und ging.

Mila sah ihn erst bei dem Scheidungstermin wieder. In der Zwischenzeit hatten lediglich ihre Anwälte miteinander kommuniziert. Selbst mit den Kindern hatte Peter keinen Kontakt gesucht. Nun saß er da, mit akkurater Frisur und im Anzug, und an seiner Seite sah sie Jane. Ihre einstige

Freundin grüßte kurz und bemerkte Milas Entsetzen nicht. Aus der hübschen Jane war eine ernste Frau mit vielen Falten und traurigen Augen geworden. Empfand Mila Genugtuung? Sie war nur froh, dass es ihr selbst gut ging. Und eigentlich wünschte sie das auch Peter und Jane.

Gestürzt

Helen lief schneller, doch es nutzte nichts.
Georg betrat vor ihr das Hotelrestaurant,
grüßte überlaut die junge Kellnerin, bevor er
gewohnheitsmäßig seinen kleinen Knicks
machte. Helen spürte Hitze in ihrem
Gesicht; sie wusste, dass sie jetzt rot wurde,
so sehr schämte sie sich für das Verhalten
ihres Mannes. Der stand jetzt mit
aufdringlichem Lächeln vor der
Angestellten, die ihn verständnislos ansah,
„geht es?" fragte sie irritiert und als Georgs
Blick ins Fragende wechselte, „mit Ihrem
Knie, meine ich". Jetzt hätte Helen am
liebsten laut gejubelt – über Georgs
verdutztes Gesicht, in dem sein Lachen
durch die nun stark hervortretenden Falten
ersetzt wurde. „Wie?" Er war aus dem
Konzept, stolperte fast. „Nein, ich bin fit
und mein Knie ist es auch", er hatte seine
Fassung schnell wieder, „topfit", auch wenn
Helen es nicht sehen konnte, wusste sie, dass
er der jungen Frau jetzt zuzwinkerte.

In dem Moment erschienen die Malowskis, ihre Tischnachbarn. „Früh am Morgen schon die hübschen, jungen Dinger anflirten!" Heinz Malowski brüllte fast, dann schlug er sich die Hände auf die Schenkel und lachte laut, „unser Georg, der alte Schlawiner!" Dabei starrte er der Kellnerin gierig in den Ausschnitt. Mit der vollzog sich plötzlich eine Wandlung, die Helen nicht verstehen konnte. Die Frau lächelte ihren Mann vielsagend an, mehr noch, sie flirtete mit ihm. Heinz Malowski verfolgte das Schauspiel genau so erstaunt wie Helen, dann versuchte er, sich wieder bemerkbar zu machen, wollte sich zwischen die beiden schieben, doch Georg hatte einen Schritt nach vorne gemacht, dann folgte er wie hypnotisiert der jungen Frau, die auf einen Tisch am Fenster wies, „ist der recht?" Honigsüß war ihre Stimme und Helen wäre am liebsten umgedreht. Sie kam sich vor wie ein Volltrottel, als sie an der Seite Trude Malowskis den Männern gefolgt war. Wozu hatte sie vorhin eine Dreiviertelstunde vor dem Spiegel verbracht, hatte sich frisiert, sorgfältig geschminkt und extra die sündhaft teure Antifaltencreme aufgetragen, wenn sie dann vorgeführt wurde wie eine Eselin? Trude Malowski schien weder Helens Wut noch deren Auslöser zu registrieren. Ihr gleichgültiger Gesichtsausdruck verriet zumindest nichts. Sie strich ihr Kittelkleid – Helen fiel einfach keine treffendere Bezeichnung ein – glatt, bevor sie sich setzte. Auch die Tatsache, dass ihr Gatte eine Fremde fixierte und krampfhaft versuchte, Eindruck zu schinden, anstatt ihren Stuhl zurück zu schieben, schien sie nicht zu stören. Sie grüßte lächelnd Roberta Hase am Nebentisch, eine resolute Endsechzigerin, die sonst die Komplimente der Herren mit beinahe hoheitsvoller Miene empfing. Auch heute hatte sie sich wieder herausgeputzt wie ein eitler Pfau; hatte die schwarz gefärbten Haare zu einem Dutt gebunden und diesen mit einer goldenen Spange befestigt. Ihr Lidschatten hatte dasselbe Violett wie ihr enganliegendes

Kleid, das die üppige Oberweite sehr betonte. Ihre mächtigen Hüften versuchte sie mit einem Tuch zu kaschieren, das sich aufreizend um ein Stuhlbein geschwungen hatte. Robertas Blick war eiskalt. Sie verfolgte beinahe angewidert das Geschehen, hatte Georg für einige Sekunden fixiert, als wollte sie ihn damit zur Vernunft bringen, doch der hatte sie ignoriert. Helen hätte das am liebsten auch getan, aber sie traute sich nicht, grüßte artig Roberta, die ihr daraufhin einen wütenden Blick zuwarf, als wäre Helen schuld, dass Georg mit einer anderen Frau flirtete. „Abend, Georg", warf sie dann laut ein. Sie klang so eifersüchtig, dass Helen überlegte, ob sie sich in ihren Mann verliebt haben könnte. Statt Georg drehte sich Heinz Malowski zu Roberta. Ihm blieb fast die Luft weg, als er ihren gewagten Ausschnitt sah. „Gütiger Himmel, Roberta", sagte er dann, „das ist eine Pracht". Nun wandte sich auch Georg den beiden zu. Die Kellnerin hatte sich von ihm gelöst, doch Helen wusste nicht, wer von beiden die größere Konkurrenz war: ein blutjunges Ding mit reiner, glatter Haut oder eine gleichaltrige, vollbusige Witwe. Sie sah hilfesuchend zu Trude Malowski, „die Abendkarte ist auch immer dieselbe mit ihren vier Gerichten". Trude lachte, dann sah sie zu ihr, „ich überlege, ob ich überhaupt etwas esse. Es ist heute nichts für mich dabei". Sie ahnte nicht, wie sehr Helen sich über diese Worte freute. „Dann gehen wir einfach in das Fischlokal gleich um die Ecke", schlug Helen verschwörerisch vor. Trude war irritiert, „wie? Ohne die Männer?" Sie sah ängstlich zu ihrem Gatten, doch der starrte noch immer Roberta Hase an, als wäre sie ein seltenes Studienobjekt. Trude schluckte laut. Es war, als könnte sie jetzt nicht mehr die Augen vor der Wirklichkeit verschließen – der Wirklichkeit, dass ihr Mann anderen Frauen nachgeiferte wie ein triebhafter Strolch. „Natürlich ohne", wisperte Helen, „die blamieren uns doch sowieso". Wieder war Trude kurz irritiert, doch dann nickte sie,

„wir gehen". Helen hätte nie gedacht, dass ausgerechnet Trude Malowski, die so gänzlich anders war als sie, eine Verbündete werden könnte. Aber immerhin hatten sie eine Gemeinsamkeit, eine, die das ganze Leben beeinflusste. Selbst als die Frauen aufstanden und den Saal verließen, reagierten die Männer nicht. Sie standen noch immer vor Roberta, die ihre Aufmerksamkeit sichtlich genoss. Es war ein Schock für Helen, dass Georg sie nicht rief, dass sie so einfach ein Restaurant verlassen konnte und es ihr Mann nicht bemerkte oder es ihn nicht interessierte. Helen hatte zwei Stunden mit Trude an einem gemütlichen Tisch in dem Lokal gesessen und genoss das Mahl sichtlich. Wider Erwarten entpuppte sich Trude als humorvolle Gesprächspartnerin, jetzt, ohne ihren Mann Heinz. Auch Helen merkte, dass sie allein befreiter und gelassener war. Sie traute sich erst nicht, doch dann fragte sie Trude doch, ob sie jemals an Scheidung gedacht hatte. „In den vierzig Jahren Ehe?"

Trude lachte kurz, „erst heute wieder". Sie sah in das erstaunte Gesicht Helens. „ich musste Heinz heiraten, weil das mein Vater von mir verlangt hat. Die Malowskis waren nicht reich, aber sie hatten wesentlich mehr Geld als wir. Theodor Malowski, mein Schwiegervater, hat uns eine Geschäftsbeteiligung versprochen. Und mit der hat es meine Familie dann zu einigem Wohlstand gebracht. Aber ich habe Heinz nie geliebt." Helen erschrak. Trude tat ihr leid. Sie dachte an ihre eigene Hochzeit. Sie war verliebt in Georg gewesen, sie kannten sich vom Studium. Er hatte schon damals nichts anbrennen lassen, doch dann war Helen schwanger geworden. Sie erzählte es ihm, machte auch gleich klar, dass sie das Kind allein großziehen wollte. Doch Georg machte ihr einen Antrag. Sie hatte nicht überlegt, ob dies aus Liebe geschah, sie hatte es angenommen.

Als die Frauen ins Hotel zurückkehrten, waren weder Roberta noch die Männer im Restaurant. Helen ging auf ihr Zimmer.

Überrascht stellte sie fest, dass Georg nicht da war. Sie rief bei Trude Malowski an, doch ihr Heinz lag im Bett und schlafe. Wo war Georg?

Sie wartete. Auch an der Hotelrezeption hatte ihr niemand weiter helfen können, doch der vielsagende Blick des Angestellten gab ihr zu denken. Lag Georg jetzt bei Roberta Hase im Bett und alle wussten es? Sie fragte nach Robertas Zimmernummer. 124. Georgs Geburtstag – war das ein Omen? Sie lief die Treppe hinauf. Wovor hatte sie Angst? Was sollte kaputt gehen? Es gab doch nichts Intaktes mehr.

Sie lehnte einen Moment an Robertas Tür. Es war nichts zu hören. Hatte sie wirklich Georgs Stimme erwartet, gar sein Stöhnen? Sie klopfte laut. Nichts. Sie klopfte noch einmal. Ein Bett knarrte. Sie erschrak. Aber jetzt musste sie es wissen. Wieder klopfte sie. Schritte. Ein Seufzen. Die Tür öffnete sich. Roberta Hase sah sie entgeistert an, „Sie?" Roberta hatte bereits geschlafen, das war offensichtlich. Ihre Augen waren verquollen und sie war ungeschminkt. Auf einmal kam sich Helen so lächerlich vor. Aber dieser Zustand war nichts Neues an Georgs Seite. Er überschattete ihre gesamte Ehe. „Verzeihung", sie wollte schon umkehren, sich nicht weiter erklären. Was gab es auch zu sagen? Die Situation war so offensichtlich. „Sie suchen Georg?" Roberta schien plötzlich hellwach. Natürlich, diese Frau ließ sich nicht einfach ohne Triumph aus dem Schlaf reißen. Ihre Stimme klang so scharf, dass Helen, wie vom Blitz getroffen, stehen blieb. „Glauben Sie etwa, ich hätte ein Verhältnis mit ihm?" Roberta lachte kurz, „das ist doch absurd". Dann machte sie ein ernstes Gesicht, „es ist nicht leicht mit ihm, oder? Ich weiß ja nicht, wann diese Kellnerin Feierabend hat, aber das wäre ...nein, undenkbar!" Doch es war klar, dass sie es sehr wohl dachte. Helen wünschte eine gute Nacht, dann ging sie in ihr Zimmer zurück. Irgendwann schlief sie ein.

Als sie den Frühstücksraum betrat, fühlte sie sich bereits wie eine geschiedene Frau. Georg war nicht gekommen. Welche Ausrede würde er parat haben? Sie wollte keine hören. Keine einzige. Die Malowskis fragten nach ihm. Helen zuckte mit den Schultern, als würde sie das nichts mehr angehen, „hat er mir nicht verraten". Es klang trotzig. Jetzt bringt er mich noch dazu, mich wie ein eingeschnapptes Gör zu benehmen, dachte Helen trotzig. Heinz erzählte, dass Georg ihn gestern Abend zu einem Spaziergang überreden wollte. Roberta saß bereits an ihrem Tisch und hörte angestrengt zu. Trude legte ihre Hand auf Helens, „wir sollten die Polizei rufen". An diese Möglichkeit hatte sie bislang gar nicht gedacht. Georg könnte etwas passiert sein. Vielleicht lag er irgendwo, war zusammen gebrochen. Topfit! Sie hatte Georgs Stimme im Kopf. Natürlich war das gestern nur ein Spruch gewesen, der nichts mit der Realität zu tun hatte. Er kränkelte seit langem.

„Ich mach mich doch nicht lächerlich!"
sagte Helen. Nachher fand man ihn in den
Armen einer Frau. Davon war Helen
überzeugt. Sie wollte ihm nicht das Gefühl
geben, dass sie sich um ihn sorgte, nicht
ohne ihn leben konnte. Sollte er sich lieber
wundern, warum nichts geschah. „Ja, wer
weiß", murmelte Trude Malowski, „warten
wir noch ab".

Gegen Mittag erschien die Polizei. Helen
überlegte, wer sie gerufen haben könnte. Sie
tippte auf Heinz Malowski oder Roberta
Hase. Was sollte sie denen jetzt sagen? Ja,
mein umtriebiger Mann ist auf
Wanderschaft, zum ersten Mal, nach dem er
jahrzehntelang hinter jedem Rock
hergestarrt hat. Sie dachte an ihre Freundin
Josepha. Seit drei Monaten war sie Witwe
und seitdem regelrecht aufgeblüht. Da
konnte man neidisch werden. „Frau Kerger?
Es geht um Ihren Mann Georg", einer der
Polizisten trat auf sie zu. „Wir haben leider
eine traurige Mitteilung für Sie". Helens
Herz raste, „Ihr Mann hatte einen

Herzinfarkt und ist die Klippe hinunter gestürzt. Er ist tot."

Werbeagentur Strietzel & Stramp

Es war eine merkwürdige Szene.
Weihnachtsfeier von Strietzel und Stramp.
Das Essen war serviert worden, auch der
Schnaps danach. Ludwig Stramp saß wie ein
zufriedenes Baby – rosig, dick und prall – in
seinem Stuhl und beobachtete seinen Partner
Jan Strietzel. Der war vier Jahre älter, sah
aber jünger aus mit seiner sportlichen Figur.
Sie hatten zusammen studiert, dann waren
sie gemeinsam zu der renommierten Agentur
Wedekamp gegangen, um sich schließlich
vor zwölf Jahren selbstständig zu machen.
Im Nachhinein betrachtete er diesen
Entschluss als Fehler. Strietzel hatte nicht
viel drauf, er war Theoretiker. Bei
Wedekamp hatte er gute Zuarbeiter gehabt
und viel Lob für die Arbeit Anderer
bekommen. Wahrscheinlich dachte er, der
gute, dicke Ludwig hat sowieso nichts
Besseres zu tun, seit seine Frau verstorben
war. Die hatte er im Verdacht, mit Strietzel
ein Verhältnis gehabt zu haben. Eigentlich

wollte er ihn heute beiseite nehmen, ihn endlich direkt fragen. Jetzt war Helen tot, jetzt konnte er es zugeben. Eine gute Gelegenheit.

Aber dann war plötzlich Ulla aufgetaucht. Ulla war seit zehn Jahren Strietzels Lebensgefährtin. Klein, dünn, dumm und langweilig – andere Eigenschaften fielen Ludwig auch nach all der Zeit nicht ein. Sie war nett, keine Frage, aber er konnte naive Weiber nicht ausstehen und allein die Tatsache, dass sie es so lange bei Strietzel aushielt, sprach nicht für sie. Außerdem musste sie längst bemerkt haben, dass er nebenbei Affären hatte – nicht immer, aber ab und an wurde aus einem Flirt mehr. Strietzel machte auch vor seinen Angestellten nicht Halt. Er bezahlte das Gehalt von Lea Wenzel sogar aus eigener Tasche, weil Ludwig sich geweigert hatte, die Frau einzustellen. Es war ihm gleich klar gewesen, welchen Zweck dieses Unterfangen hatte. Immer wenn Strietzel hinter einer Frau her war und von ihr erzählte, verzog sich sein linker Mundwinkel – ein Tick, gegen den er scheinbar nicht ankam oder von dem er nicht mal etwas wusste. Dies jedenfalls hatte Ulla auch bemerkt, deshalb war sie hier. Nach einer Begrüßung setzte sie sich Lea Wenzel gegenüber und taxierte sie immer mal wieder. Es schien, als wollte sie Strietzels Objekt der Begierde genauestens studieren. Lea Wenzel – untalentiert, aber nicht so dumm wie Ulla – unterhielt sich gelangweilt mit Ulla und grinste diese frech an, denn natürlich war auch ihr sofort klar gewesen, dass sie selbst der Grund für Ullas Besuch war. Sie genoss das. Sie sonnte sich geradezu in dieser Situation. Sie hatte Strietzel abgewiesen, seine Bemühungen, seine Komplimente hatte sie ins Leere laufen lassen, um dann „unter dem Siegel der Verschwiegenheit" ihren Kollegen davon zu erzählen. Natürlich war das auch zu Ludwig gelangt – Susi Grünlich, die Älteste – hatte es ihm empörend weiter getragen und gleich von einer bevorstehenden Vergewaltigung gesprochen. Das war natürlich völliger Blödsinn, aber Susi liebte Tratsch.

Sie beobachtete den Blickkontakt der Frauen interessiert und zwinkerte Ludwig zu.

Bildete er sich das nur ein, aber hatte sie die Bluse jetzt absichtlich glatt gezogen, damit ihre Brüste besser zur Geltung kamen? Susi war verheiratet, aber in letzter Zeit hatte er bemerkt, dass sie mit ihm flirtete.

Und Strietzel? Der telefonierte und lächelte zufrieden. Es schien ihm zu schmeicheln, dass Ulla nach zehn Jahren noch Angst um ihn hatte, Angst, ihn zu verlieren. Aber vielleicht hatte sie auch nur Angst um die Annehmlichkeiten, die sie im Fall einer Trennung aufgeben müsste, denn Strietzel liebte Luxus und wohnte in einer exklusiven Villenetage. Dieses Leben hatte Ulla als Frau an seiner Seite schnell zu schätzen gelernt. Aber ihre Gefühle schienen echt zu sein, die Verzweiflung in ihren Augen schien ernsthafte Besorgnis zu sein. Ludwig war sich nicht sicher. Konnte man Strietzel lieben?

Er hatte Mitleid mit Ulla. Zuhause wäre sie besser aufgehoben, aber wahrscheinlich nagte die offensichtliche Schwärmerei Strietzels für eine Andere an ihr und sie hatte es einfach mit eigenen Augen sehen müssen.

Ludwig hoffte, dass Ulla sich endlich zur Trennung durchringen möge, vielleicht half dieser Abend dabei, dann hatte er wenigstens einen Sinn.

Er sah zu Lea Wenzel, die nicht nur wegen ihres glitzernden Kleides die Blicke Strietzels auf sich zog. Aber es passte zu ihr, sich zu einer Firmenfeier so herauszuputzen, denn sie stand gerne im Mittelpunkt und übertrieb mit Leidenschaft, eine Ausnahme stellte allerdings ihr Arbeitseifer dar.

Ludwig ging auf die Toilette. Als er aus der Tür kam, in den Vorraum, stand Susi vor ihm. Ihre Bluse hatte sie nicht mehr an, sie trug nur noch ein Top. Er spürte das Brennen in seinen Lenden. Dieses Biest!

„Herr Stramp, ist das nicht unglaublich?"
Sie flüsterte und kam ihm dabei so nah, dass
er ihre Brust an seinem Arm spürte. Er hatte
das Gefühl, einen Schlag zu bekommen, ließ
sich aber nichts anmerken. Er sah Susi in die
Augen, „was meinen Sie?" „Strietzel",
entgegnete sie streng, als wäre es eine
Ungezogenheit, dass er nachfragte. „Ja, was
sollen wir machen? In einer halben Stunde
löst sich das hier auf und dann ist wieder ein
Jahr Ruhe bis zur nächsten
Weihnachtsfeier", Besseres fiel ihm nicht
ein. Sollte er Strietzel vor den Mitarbeitern
beiseite nehmen und ihn rüffeln wie ein
ungezogenes Kind? Besser morgen mit ihm
reden. Er machte einen schnellen Schritt in
den Flur und ging zum Tisch zurück. Fand
er diese Susi wirklich sexy oder war es nur
dieser Druck, der sich seit Monaten
aufgebaut hatte?
Ihm fiel sofort auf, dass Strietzel und Lea
fehlten. Er setzte sich zu Ulla, „wo ist Dein
Mann?" Ulla saß da wie ein Häufchen
Elend. Hatte Strietzel denn gar kein Herz,

sie hier so sitzen zu lassen? „Wir sind doch nicht verheiratet". Ludwig seufzte. Typisch Ulla, diese Antwort! Das machte ihr zu schaffen. Nach zehn Jahren immer noch Freundin. Nur Freundin. „Du kennst Jan, der heiratet nie!" Sie nickte bitter, „jedenfalls nicht mich." „Er hat kein Verhältnis mit Lea Wenzel, wenn Du das glaubst", Ludwig bemerkte, dass Susi wieder in den Raum trat und sofort zu ihm sah. „Warum sollte ich das glauben?" Ludwig sah sie mitleidig an, „und warum bist Du hier? Es ist alles so offensichtlich, eigentlich ist jedes Wort überflüssig", er strich kurz über ihre Hand. Sie war eiskalt. Wie schlimm stand es wirklich um Ulla? Fehlende Liebe war eine Sache, öffentliche Demütigung eine andere. Strietzel war ziemlich gemein. „Vielleicht solltest Du Dich trennen, Ulla, oder Du gehst vor die Hunde", er erhob sich und in dem Moment betrat Strietzel den Raum. Er nickte Ludwig dankbar zu, als wäre er erfreut, dass dieser die sitzengelassene Ulla unterhalten hatte. Im Vorbeigehen erklärte

Strietzel, dass er Lea zur Bahnstation gefahren habe. „Die zwei Minuten?" fragte Ludwig erstaunt. Das war lächerlich. Deshalb das verhaltene Lachen am anderen Ende des Tisches. Strietzel, die Witzfigur, die es nicht bemerkt. „So eine hübsche Frau ist immer in Gefahr", erklärte Strietzel, bevor er sich neben Ulla setzte. „Es ist gleich Mitternacht. Vielleicht sollten wir die Feier ausklingen lassen", sagte Ludwig laut, „morgen ist ein Arbeitstag und den wollen wir pünktlich und nüchtern antreten."

Es dauerte eine Weile, bis alle gegangen waren. Strietzel beglich die Rechnung und Ulla setzte sich schon in den Wagen. Susi Grünlich hatte angeboten, Ludwig nach Hause zu fahren und er hatte nach anfänglichem Zögern angenommen. Sie würde wohl kaum darauf bestehen, in seine Wohnung mitzukommen und die gespannte Atmosphäre zwischen Strietzel und Ulla schien unerträglicher als gegen die ausgeprägten weiblichen Reize von Susi anzukämpfen. Auch Susi wartete im Wagen, vielleicht blieb noch ein Moment, um mit Strietzel zu reden. „Wie kommst Du nach Hause, alter Junge?" Ludwig winkte ab, „die Grünlich fährt mich." Strietzel lachte, „ach! Was läuft denn da?" Es war nicht klar, ob er nur einen Scherz machte. „Gar nichts natürlich. Beruf und privat, das sind zwei Geschichten. Ich würde es besser finden, Du würdest das genauso sehen. Die halbe Firma lacht über Dich, falls es Dir entgangen ist." Ludwig sah Strietzel lauernd an, doch der wurde nicht mal ansatzweise rot. „Die halbe Firma? Bist Du auch darunter?" Ludwig schüttelte den Kopf, „nein, ich bin nicht schadenfroh. Meine Gefühle schwanken zwischen Mitleid und Wut." „Hast Du zuviel getrunken? Wovon sprichst Du überhaupt?" Strietzel machte seine typische Handbewegung, wenn er sich ärgerte; er tat so, als würde er eine Fliege vertreiben. „Lea Wenzel, wovon sollte ich sonst reden? Hast Du ihr gesagt, dass Du sie lieb hast? Ja oder nein?" Ludwig zog seine Jacke an. Strietzels

Mundwinkel zogen sich nach unten. „Ja oder nein?", wiederholte Ludwig streng. Dieselbe Frage könnte er auch im Zusammenhang mit Helen stellen – hatte er mit ihr geschlafen? Ja oder nein?

Strietzel schluckte, „ist das verboten? Woher weißt Du das überhaupt? Hast Du an meiner Tür gelauscht?" Ludwig hätte schreien können. Dieser Idiot erzählt einer Mitarbeiterin, dass er sie lieb hat. Verrückt! „Ich habe Besseres zu tun, als an Deiner Tür zu stehen, das kannst Du mir glauben", er strich über seinen Bauch, in dem der Schnaps seinen Unheil trieb, „aber Lea Wenzel fand Deine Worte so amüsant, dass sie uns alle daran teilhaben ließ. Verstehst Du jetzt, wie lächerlich Du Dich machst? Außerdem brauchen wir Lea nach wie vor nicht. Du gibst ihr Arbeiten, die völlig unnötig sind, die Du extra für sie erfindest. Auch das ist allseits bekannt". Jetzt wurde Strietzel rot. Tiefrot. „Ich rede mit ihr", sagte er leise. „Sie ist in der Probezeit. Wir kündigen ihr, Du redest gar nicht. Und sag bitte nie wieder einer Mitarbeiterin, dass Du sie lieb hast. Sag das Ulla, die verzehrt sich danach." Strietzel nickte, er war jetzt peinlich berührt. Hoffentlich muss Ulla das nicht ausbaden, dachte Ludwig, als er beobachtete, wie Strietzel mit saurer Miene die Autotür öffnete. Ludwig seufzte, dann ging er zu Susis Wagen. Die war neugierig, „und?" Ludwig setzte sich, dann gurtete er sich an, „was und?" Glaubte die Grünlich wirklich, er würde Firmeninterna preisgeben? „Der Wirt war zu blöd, eine korrekte Rechnung auszustellen, das hat gedauert." Susi fuhr auf die Hauptstraße, „und Sie hatten keine Gelegenheit, mit Strietzel zu sprechen?" „Nein, wie denn?" Er sah das Foto von Ewald Grünlich an der Ablage kleben. Er hatte ihn einmal gesprochen, ein netter Mann, aber in seiner Langeweile erinnerte er ihn an Ulla. „Das Bild ist dort seit Jahren", erklärte Susi, als wäre es ihr peinlich, „ich wollte es längst entfernen." „Aber warum denn? Er ist schließlich Ihr Ehemann." Susi lachte, „nur auf dem Papier. Wir haben uns schon vor Jahren voneinander entfernt, seelisch und auch körperlich." Beim letzten Wort hatte sie doch tatsächlich in Ludwigs Schritt geschaut. „Wenn man sich einig ist, ist alles kein Problem", sagte Ludwig schnell. Dann lenkte er vom Thema ab und fragte Susi nach einer Kampagne für einen Kunden. Glücklicherweise waren sie bald bei ihm angelangt.

Erwartungsvoll sah Susi ihn an, als sie den Motor ausgeschaltet hatte. „Vielen Dank und gute Nacht", Ludwig nickte ihr zu und wollte die Tür öffnen, doch die war verriegelt. Er sah wieder zu Susi und die lachte, „ich glaube, Sie sind mein Gefangener", sie rückte an ihn heran und berührte seinen Arm. „Und jetzt wollen Sie ein Lösegeld?" Ludwig war die Situation äußerst unangenehm, zumal er eine Erektion bekam. Er konnte nur hoffen, dass Susi nichts bemerkte. Sie gab keine Antwort, lachte nur aufreizend, bevor sie ihm kurz über seinen Arm strich. Ludwig unterdrückte ein Stöhnen. Das war verrückt! Eben kritisierte er Strietzel und nun war er selbst in einer fragwürdigen Situation. Aber hier war er das Opfer. Glücklicherweise kam ein Nachbar mit seinem Hund um die Ecke. Ludwig erschrak, „ich muss los", er wies auf den Mann, und infolge der Überraschung löste Susi die Zentralverriegelung. Hastig sprang Ludwig aus dem Wagen und wäre beinahe hingefallen. Wie ein entflohener Häftling stolperte er ins Haus.

Am nächsten Tag ließ Ludwig die Kündigung für Lea Wenzel tippen, „sie soll in mein Büro kommen", sagte er der Sekretärin. Strietzel war noch nicht da, das wollte er nutzen. Lea Wenzel fehlte aber auch. Er hatte selten eine sozial so inkompetente Mitarbeiterin erlebt. Ihre fachlichen Kenntnisse waren auch nicht gut, aber ab und an hatte sie tatsächlich eine gute Idee.
Eine Viertelstunde später brachte die Sekretärin Leas Kündigung, „Frau Wenzel

ist immer noch nicht am Platz", fügte sie hinzu. Ludwig stöhnte laut. In dem Moment klappte die Eingangstür und Lea Wenzel erschien. Sie sah verdutzt in die Runde. Es war ihr wohl unangenehm, dass die Tür zu Ludwigs Büro offen stand und ihre Verspätung auffiel. Dabei war es allgemein bekannt, dass sie es nur zweimal pro Woche schaffte, pünktlich im Büro zu sein. „Der Bus kam später", quäkte sie hastig und eilte den Flur entlang, doch Ludwigs Stimme hielt sie auf, „kommen Sie gleich zu mir." Die Sekretärin schloss die Tür, nachdem Lea bei Ludwig Platz genommen hatte. Sie sah betreten zu Boden. Dieses Biest konnte doch tatsächlich ein schlechtes Gewissen haben! dachte Ludwig überrascht, „Frau Wenzel, ich mache es kurz", er griff nach dem noch warmen Papier, „hier ist Ihre Kündigung. Sie wissen selbst, warum. Sie haben es gerade eben wieder demonstriert." Er schob ihr das Blatt hin. Zögerlich warf Lea einen Blick darauf, „ist das mit Herrn Strietzel abgesprochen?" Ludwig sah sie scharf an,

„natürlich ist es das. Geben Sie mir Ihren Schlüssel und dann können Sie gehen."

Er hasste diese Frau. Wie ein Kobold saß sie da, wie ein dummes, kleines Aas, das krampfhaft überlegte, was im nächsten Moment am Besten zu tun sei. Ihre braunen Knopfaugen gingen unruhig hin und her, die Lippen hatte sie zusammen gepresst. Sie hat Ähnlichkeit mit Ulla, dachte Ludwig in dem Moment. Doch ihr schien nichts einzufallen, sie kramte den Schlüssel aus ihrer Hosentasche und legte ihn auf Ludwigs Schreibtisch. „Haben Sie persönliche Dinge in ihrem Büro?" Lea winkte ab, „nichts, dass ich bräuchte." Ludwig stand auf, „nehmen Sie die Sachen trotzdem mit, dann verabschieden Sie sich und ich bringe Sie vor die Tür." Lea sah ihn irritiert an, „Sie wollen mich nicht allein ins Büro gehen lassen? Ich stehe unter Beobachtung?" Sie sprach das letzte Wort so langsam aus, als würde sie es buchstabieren; als würde Ludwig es sonst nicht begreifen. „Ich komme mit", Ludwig hoffte, dass Lea nicht noch einmal auf Strietzel traf. Er schob sie den Gang entlang und öffnete schwungvoll die Tür. Susi saß am ersten Tisch, sie trug ein knallrotes, enges Top. Ludwig schien es, als sei er heute in einer Kampfarena. „Guten Morgen", sagte er laut, „Frau Wenzel verlässt uns gleich", er sah Lea streng an, „und Ihre Sachen, wo sind die?" Lea ging zu ihrem Tisch, schob eine Schublade auf und nahm Tasse, ein Kosmetiketui und eine Nagelfeile. Sie verstaute die Gegenstände umständlich in ihrer Handtasche. Danach verließ sie das Büro, ohne sich zu verabschieden. Niemand sagte ein Wort. Erst das Schließen der Tür unterbrach die Stille. Auf dem Flur blieb Lea stehen. „Wovor haben Sie eigentlich Angst?" Lea sah Ludwig verärgert an. „Ich will Sie einfach los werden, das ist alles", sagte er und freute sich, als es in ihrem Gesicht zuckte. In dem Moment betrat Strietzel den Flur. Verwundert blickte er zu Ludwig und Lea, als habe er keine Ahnung, worum es ging. „Jan, da bist Du ja!" Ludwig seufzte.

Sie duzten sich! Aber wenn Jan einer Mitarbeiterin schon sagte, dass er sie lieb hat, duzt er sie auch. „Hallo Lea", etwas zurückhaltend umarmten sich die beiden kurz. „Er hat mir gekündigt", Lea wies auf Ludwig, dabei hatte sie ihr Gesicht zu einer Fratze verzogen. „Jetzt schon?" fragte Strietzel überrascht. „Wann denn sonst?" polterte Ludwig, „im Übrigen, Frau Wenzel, den Auftritt können Sie sich sparen. Sie sind ja schon an den einfachsten, sozialen Voraussetzungen gescheitert. Was wollen Sie eigentlich?" Lea war zu Strietzel gegangen, als suchte sie Schutz bei ihm. „Sie hätten ja mal mit mir reden können, bevor Sie mich feuern", giftete sie Ludwig an. Der lachte, „um Ihnen zu erklären, dass man pünktlich zur Arbeit kommt? Meinen Sie das ernst?" Lea sah noch einmal zu Strietzel, dann öffnete sie die Tür und ging. Strietzel wurde hektisch. Er sah zür Tür, dann zu Ludwig und wieder zur Tür, machte drei Schritte, als wollte er Lea hinterher laufen, sah wieder zu seinem Partner, „Du kannst so verdammt konsequent sein". Ludwig schüttelte seinen Kopf, „wäre ich es bloß eher gewesen! Deine Angebetene hat sich wie eine Diva aufgeführt. Das war peinlich." „Ich habe sie nicht angebetet, sie war eine Angestellte", versuchte sich Strietzel zu verteidigen, „Du siehst Gespenster." Ludwig sah Strietzel genervt an, „Du hast Recht. Manchmal siehst Du aus wie ein Gespenst und benimmst Dich auch so. Aber Deine Gefühle gegenüber Lea brauchst du nicht zu leugnen".

Er ging in sein Büro zurück, ließ jedoch die Tür offen. Er wollte sehen, ob Strietzel das Büro wieder verlassen würde, um Lea nach zu laufen.

Doch fünf Minuten später kam Susi in sein Büro und schloss die Tür. Sie benahm sich wie eine Vertraute; ohne zu fragen setzte sie sich ihm gegenüber und lachte ihn an. „Was gibt es denn? Ich habe viel zu tun", Ludwig ärgerte sich über Susis Kühnheit. Was bildete sie sich ein? Die besten Leistungen brachte sie auch nicht; sie war bisweilen zickig und manches Mal krank geschrieben. Sein abweisender Ton schien Susi nicht im Geringsten zu verunsichern. Sie zwinkerte ihm sogar zu, „das haben Sie gut gemacht. Leas Kündigung war überflüssig". Er lächelte kurz, immerhin bekam er mal ein Lob. Das war er nicht gewohnt. Strietzel machte ihm beinahe jede Entscheidung streitig, selbst wenn sie diese gemeinsam getroffen hatten. Zu Hause wartete niemand mit netten Worten auf ihn. Wie hatte Helen ihn empfangen? Mit einem Kuss auf die Wange und einem Händedruck. Und das all die Jahre. Als er im Krankenhaus lag, war sie im Büro gewesen, hatte lange mit Strietzel zusammen gesessen. Viel zu lange. „Erinnern Sie sich noch an meine Frau? Helen?" Susi sah überrascht auf, „ja, sicher". „Sie bekommen doch einiges mit, Susi. Wie war das damals? Helen und Strietzel?" Er sah dieses kurze Zucken in ihrem Gesicht. „Was meinen Sie?" Ludwig lachte leise, „was denken Sie, was ich meine? Ich will wissen, ob die Beiden ein Verhältnis hatten,

ob da was lief." Susi war leicht errötet, aber
nur für einen Moment, „das fragen Sie nach
all der Zeit?" Ludwig nickte, „jetzt ist Helen
tot, jetzt kann man doch darüber reden. Ich
muss es einfach wissen." Er lehnte sich
zurück. Jetzt sollte Susi mal zeigen, auf
wessen Seite sie stand. Die fühlte sich
unbehaglich. „Ich möchte das für mich
wissen. Ich renne damit nicht zu Strietzel",
versicherte er ihr. Das hatte er auch nicht
vor. Den wollte er selbst fragen. „Nun, ich
glaube, Helen war verliebt", sagte Susi
zögernd. Verliebt? Ludwig hatte immer
gedacht und gehofft, dass es nur eine Affäre
gewesen war; dass sich Helen einen
schlanken Mann genommen hatte, weil es
eine Gelegenheit war. Aber verliebt? „Und
Strietzel?" Eigentlich überflüssig die Frage.
Der war nur in sich selbst verliebt. Und
wenn er Helens Gefühle nur annähernd
erwidert hätte, wäre die garantiert beim
Scheidungsanwalt gewesen. Helen war
immer ein konsequenter Mensch gewesen.
Susi schüttelte den Kopf, „verliebt habe ich

den nur bei Lea erlebt". Er lag also völlig richtig mit seinen Vermutungen, das tat gut. Er war kein Irrer, so sagte es nämlich Strietzel manchmal; kein Irrer, der sich irgendeine Geschichte zusammen reimte, die völlig unrealistisch war.

Und Helen, die schien an der Geschichte mit Strietzel kaputt gegangen zu sein. Nach seiner Rückkehr hatte sich ihr Verhältnis weiter abgekühlt, Helen war jeder kleinen Berührung aus dem Weg gegangen. Sie telefonierte in der Küche und wenn er die Tür öffnete, legte sie rasch auf. Ludwig hatte von Scheidung gesprochen, doch Helen wollte das nicht. „Aber Du erträgst mich doch nicht, Helen, ich darf nicht mal meine Hand auf Deine Schulter legen", wandte er ein. Er hatte wirklich abgeschlossen, doch Helen bekam einen Weinkrampf und schwor ihm, dass sie ihn sehr liebe und lediglich in einer schwierigen Phase sei, das würde sich geben. Drei Tage später ging sie zu ihrem Gynäkologen und erfuhr, dass sie an Krebs erkrankt war.

Es gab keine Hoffnung, Helens Krankheit befand sich im Endstadium und ihr Allgemeinzustand verschlechterte sich beinahe täglich. Erst jetzt gestand sie, dass sie schon seit Monaten Schmerzen hatte, doch Ludwigs Autounfall hatte das alles verdrängt. „Und Strietzel", hatte er eingeworfen, ohne nach zu denken. Denn er wollte damals schon die Wahrheit wissen. Dabei war Helens Erschrecken auf seinen Einwand genug Beweis. Sie benahm sich, als hätte er sie auf frischer Tat ertappt und dann stotterte sie, das tat Helen nur in höchster Aufregung. Sie stritt ein Verhältnis ab und hämmerte mit ihren schwachen Fäusten auf ein Kissen ein. Ludwig sah ihr eine Weile zu. Diese schwache Frau schien letzte Kräfte zu mobilisieren. „Warum regst Du Dich auf, wenn ich mich irre?" Helen hatte aufgeblickt und zum ersten Mal war sie ihm gänzlich fremd. Die Falten in ihrem Gesicht hatte er vorher noch nie bemerkt. Ihre Züge waren so verzogen, dass sie zu einer Fratze verformt waren. Meine Güte, ist sie hässlich! dachte Ludwig und erschreckte sich Sekunden später über diesen Gedanken. Als würde Helen ahnen, was in ihm vorging, bedeckte sie ihr Gesicht mit den Händen. Hände, die Ludwig in letzter Zeit weder angesehen noch berührt hatte, weil Helen es nicht wollte. Gespürt hatte er diese Hände vor einer halben Ewigkeit. Jetzt sah er die grünen Venen, die hervor drängten, als wollten sie aus einem Gefängnis ausbrechen. Und Helen hatte diese braunen Altersflecke bekommen! stellte er fest. Sie war doch erst fünfzig. „Du findest mich abstoßend", sagte Helen und ließ die Hände sinken, die sie dann eingehend betrachtete. „Ich sehe furchtbar aus", stellte sie mit einer Mischung aus Verwunderung und Ekel fest. „Hör auf mit diesem Mist", sagte Ludwig leise, „lenk nicht vom Thema ab". „Welches Thema?" fragte Helen überrascht. „Strietzel", erwiderte Ludwig, „ja oder nein?" Und dann lauter, „ja oder nein? Ja oder nein?" Helen lachte leise, sah ihn verwundert an und schien plötzlich weit weg, „ist das ein Spiel?" Wieder lachte sie. Der Bericht des Arztes fiel ihm ein. Ein Tumor hatte sich im Kopf gebildet. Es kann zu Ausfällen kommen. Dies war scheinbar ein Ausfall. Als ob sie seine Vermutung noch bekräftigen wollte, fragte Helen, wer oder was Strietzel sei. Danach hatte er noch einmal versucht, mit Helen über Strietzel zu sprechen, doch mitten im Gespräch hatte sie wieder vergessen, wer Strietzel war. Ihre Ausfälle nahmen zu, oft fragte Helen ihren Mann, wer er überhaupt sei. Einmal – ein tragischer Tag -hatte Ludwig sich als Einbrecher ausgegeben, es sollte ein Scherz sein, der die ganze traurige Situation auflockern sollte, „ich habe gerade die Tür aufgebrochen", behauptete er und Helen hatte ihn entgeistert angesehen, „wollen Sie Geld?" Sie griff nach ihrer Tasche, die neben ihr lag, als Ludwig meinte, er wollte etwas ganz Anderes. Helen fing fürchterlich an zu schreien und rannte aus der Wohnung. Ludwig hielt sie im Flur fest, „Helen, es war ein Witz", doch sie sah ihn panisch an. Ein Nachbar, der dazu kam, erklärte Helen, dass sie mit Ludwig verheiratet sei, doch es dauerte eine ganze Stunde, bis sie sich bereit erklärte, mit ihm in die Wohnung zurück zu gehen, „aber von einer Hochzeit weiß ich nichts", wiederholte sie überzeugt, „ich hätte bestimmt nicht ja gesagt". Ausgerechnet dieser Satz war der letzte, den Ludwig von seiner Frau hören sollte. Sie hatte sich wortlos ins Bett gelegt und als Ludwig am Morgen nach ihr sah – er schlief seit Wochen auf dem Sofa – war Helen tot. Der Arzt stellte Herzversagen fest und Ludwig machte sich Vorwürfe. Er fragte den Arzt, ob er Helen gewissermaßen zu Tode erschreckt habe mit seinem Scherz. Der Mediziner antwortete nicht, er wollte nur wissen, ob Ludwig in Behandlung sei.

„Herr Stramp! Herr Stramp! Ludwig!" Er erschrak. Susi blinzelte ihm zu, „Sie ahnten es doch, aber wenn man es hört, ist es etwas anderes, nicht wahr? Vielleicht hätte ich nichts sagen sollen und Sie behielten Ihre

Helen in guter Erinnerung. Ich kann auch nur vermuten, aber ich liege immer richtig." Ludwig strich sich die wenigen Haare aus dem Gesicht, „haben Sie Ludwig zu mir gesagt?" „Verzeihung", Susi schnurrte wie eine Katze, „aber Sie sind mir so vertraut." Ludwig war froh, dass sein Telefon klingelte. Susi verließ sein Büro und schloss die Tür. Es war nur ein lästiger Verkäufer, der ihn behelligte, aber das störte Ludwig diesmal nicht. Nach dem Telefonat dachte er über Susis Worte nach. Behielt er Helen in guter Erinnerung? 30 Jahre Ehe, was blieb davon übrig? Sie hatte ihn betrogen. Wenn er an sie dachte, sah er diese entstellte Frau, die sie zuletzt gewesen war. Die Helen, die er kennen gelernt hatte, konnte er sich gar nicht mehr ins Gedächtnis rufen, dazu brauchte er ein Fotoalbum. Dann sah er Helen, die Studentin, die gleich in der ersten Nacht mit ihm geschlafen hatte. Helen, die einzige Frau in seinem Leben und in seinem Bett. Nein, das wollte er nicht. Er wollte das ändern. Auf die Schnelle fiel ihm dazu nur Susi ein.

Es war ernüchternd gewesen. Sie lagen in einem Hotelzimmer, irgendwo klopfte es. Es war Ludwig unangenehm, die lauten Atemzüge von Susi zu hören. Ihr schwerer Körper war von kaltem Schweiß bedeckt. Sie hatte sich an ihn geschmiegt und schien zufrieden. Hatte er wirklich eine Frau befriedigt? Er wusste doch nicht, wie das gehen sollte. Helen hatte nur anfangs wohlig gestöhnt, nachdem sie ein Jahr zusammen waren, war sie zur Lautlosigkeit übergegangen. Es war ihm ein Rätsel gewesen und als er das Thema ansprach, war sie ausgerastet, „muss ich rumbrüllen wie ein Ochse? Macht Dich das an?" Ludwig hatte hastig abgewunken, er war nun verunsichert und hatte die dann erfolgte zeitliche Reduzierung ihres Liebeslebens schweigend hingenommen.
Susi war anders gewesen. Susi hatte gebrüllt wie ein Ochse. Ludwig wusste, dass er

tiefrot anlaufen würde, sollten ihm seine Zimmernachbarn auf dem Flur begegnen. Am liebsten würde er aufspringen und flüchten, wie aus ihrem Auto. Aber es gelang ihm nicht, sich sanft aus ihrer Umklammerung zu befreien. „Wollen wir essen gehen?" fragte er. Susi war eine Schlemmerin, das sah man ihr an. Er war erstaunt gewesen, welche Speckrollen sie gekonnt unter ihrer Kleidung verborgen hatte. „Wollen wir nicht lieber abnehmen?" entgegnete Susi und strich über seinen behaarten Bauch. „Ich habe aber Hunger", sagte er trotzig, „ich gehe jetzt etwas essen." Mit einem Ruck setzte er sich auf. Susi seufzte laut, „Ewald ist beim Kegeln, wir haben noch Zeit", sie umfasste ihn von hinten. Ludwig war erstaunt, „Ewald? Ich denke, mit Deinem Mann ist alles klar und jeder macht, was er will." Er erhob sich mühsam und zog sich an. Susi schien peinlich berührt, als er sie ansah, „so ist es auch. Aber seine Eifersucht kann Ewald nicht abstellen." Ludwig war froh darüber.

Es stand nicht zur Debatte, ob sich aus diesem Treffen etwas entwickeln könnte. Susi sprang auf und tänzelte um das Bett herum, „es tut mir leid", sie gab ihm einen Kuss. Sie schien zu glauben, dass ihm irgendetwas an ihr lag. „Das ist völlig okay", sagte er und Susi hörte die Erleichterung aus seinen Worten heraus. Erstaunt betrachtete sie ihn, „völlig okay? Wolltest Du nur mit mir ins Bett?" Ihre Augen verengten sich. Sollte er jetzt lügen? „Du hast mich doch verführt", sagte er und lachte. Die Ablenkung gelang. Susi lachte mit und fragte nicht weiter. Sie verließen schließlich gemeinsam das Zimmer und verabschiedeten sich vor dem Hotel. „Soll ich Dich nach Hause fahren?" fragte Susi, doch Ludwig wehrte ab, „ich esse gleich hier im Lokal, danke", dann ließ er den Kuss über sich ergehen und ging zurück.

Er wählte einen Platz am Fenster und beobachtete den Straßenverkehr, während er auf sein Essen wartete. Es war verrückt gewesen, an einer so belebten Gegend mit

Susi in ein Hotel zu gehen. Man konnte immer von irgendjemandem beobachtet werden. Es standen jede Menge Autos an der Kreuzung.

Eine junge Frau rief laut und rannte die Straße entlang. Sie trug ein pinkfarbenes Kleid, das Ludwig bekannt vorkam. Jetzt konnte er die Frau besser erkennen. Es war Lea Wenzel. Sie umarmte einen Mann, der aus seinem Auto gestiegen war. Ihr Freund war das nicht, den hatte Ludwig gesehen, als er sie aus der Firma abgeholt hatte. Jetzt öffnete sich die Tür des Wagens dahinter und Strietzel stieg aus. Ludwig verschluckte sich fast an seinem Wasser. „Ich hatte gehofft, Du meinst mich", Strietzels laute Worte klangen ehrlich enttäuscht. Der junge Mann sagte etwas zu Lea, woraufhin die abwinkte. Zögernd stieg Strietzel wieder ein, auch Lea verabschiedete sich, denn die Ampel hatte umgeschaltet. Natürlich hupte Strietzel noch wie ein Irrer, als er an seiner ehemaligen Mitarbeiterin vorbei fuhr. Lea

winkte ihm hinterher und Ludwig wusste
genau, wie sehr Strietzel sich über diese
Geste freute.

„Ist hier noch frei?" Ludwig erschrak. Vor
seinem Tisch stand eine Frau. Er zuckte
noch einmal, als er die Ähnlichkeit mit
Helen bemerkte. Sein „ja, bitte" war kaum
hörbar. Die Frau setzte sich. Sie hatte die
gleichen dunklen Haare wie Helen, blaue
Augen und war schlank. Selbst die Art, wie
sie den Stuhl zurückschob, war die von
Helen. Er war dankbar, als sein Essen
serviert wurde. Smalltalk lag ihm nicht, im
Berufsleben kam er am liebsten gleich zum
Thema. Gespräche über Wetter oder Sport
waren für ihn sinnlos. Seine Tischnachbarin
bestellte nur einen Wein und als Ludwig satt
und zufrieden seinen Teller zurück schob
und die Rechnung verlangte, bat sie den
Kellner um eine Gesamtrechnung, „der Herr
ist eingeladen." Ludwig staunte, „das geht
doch nicht", wandte er ein. „Ach, lassen Sie,
heute ist mein Glückstag. Ich habe im
Casino gewonnen", sagte die Frau lächelnd.

„Wo ist denn hier ein Casino?" fragte
Ludwig überrascht. „Direkt unter uns", jetzt
lachte sie laut. „Ich bin das erste Mal hier",
rechtfertigte er sich, doch sie winkte ab, „das
macht nichts", dann sah sie ihn auffordernd
an, „begleiten Sie mich, dann lernen Sie es
gleich kennen!" Ludwig war noch nie in
einem Casino gewesen und eigentlich wollte
er es dabei belassen. Er wollte aufstehen und
gehen, doch er fühlte sich gefangen. Musste
er aus Höflichkeit warten und mitgehen?
Jetzt verstand er, warum Strietzel jede
Rechnung bezahlte – natürlich rechnete er
die dann über Firmenkosten ab – aber er
hatte dadurch die Macht, den weiteren
Verlauf zu bestimmen. Wie ein Kind, das
darauf wartete, vom Tisch aufstehen zu
dürfen, saß Ludwig da. Eine unangenehme
Anspannung trieb ihm den Schweiß auf die
Stirn. Endlich kam die Rechnung. Dann
lächelte die Fremde ihn an, „gehen wir?"
Ohne eine Antwort abzuwarten, stand sie auf
und hielt dem verdutzten Ludwig ihren Arm
hin. Unsicher führte er die Frau in das

Untergeschoss. Dabei stolperte er und wäre fast hingefallen.

Es hatte nicht funktioniert. Wie auch? Susi hatte ihm den Druck genommen, es hätte an ein Wunder gegrenzt. Aber auch ohne Susi wäre nichts passiert, das war ihm jetzt klar. Ella hatte drei Runden gepokert und ihn dann auf das Zimmer gedrängt – so entschlossen, wie einst die Studentin Helen sich ihre Sachen vom Leib gezerrt hatte, nachdem sie Ludwig in ihr karges Heim gelockt hatte. Wollte er irgendetwas mit Helen nach holen? Auch Ellas Körper war Helens ähnlich. So sehr er sich während ihrer Ehe nach Zärtlichkeit gesehnt hatte, so wenig hatte er jetzt Lust gehabt, diesen Körper zu berühren. Er wollte sie nicht haben, es war einfach vorbei. Ella war sichtlich enttäuscht gewesen, immer wieder hatte sie seine Hand auf ihre Brust gelegt und nach seinem schlaffen Glied gegriffen, bis sie schließlich aufstand, „Du willst nicht." Ludwig erwiderte nichts, was sollte er auch sagen. Es stimmte. Er zog lediglich den Bademantel an. Er hatte das Zimmer bezahlt, er wollte hier schlafen.

An der Tür verabschiedeten sie sich. „Ich rufe Dich an", sagte Ludwig, weil ihm nichts Besseres einfiel. „Nur das nicht", sie drückte die Türklinke und ging, als sein Zimmernachbar aus dem Fahrstuhl trat. Der Mann starrte Ludwig entsetzt an, „das ist doch schon die Zweite! Vorhin war sie noch blond und üppig". Ludwig sah zum Lift, der sich noch nicht geschlossen hatte. Ella hatte die Worte gehört, aber eigentlich war das egal. „Schönen Abend noch", sagte Ludwig und nickte dem Mann zu, doch der schüttelte nur den Kopf, „und das bei diesem Aussehen! Alt und fett ist der". Mit einem lauten Ruck schloss Ludwig die Tür. War er das? Alt und fett? Nun, er war ein Mann mittleren Alters und er war dick. Die Tatsache, dass er heute mit zwei Frauen im Bett gelegen hatte, befremdete ihn selbst.

Als Ludwig Stramp das Büro betrat, war es noch früh. Er war der Erste. Die Nacht war nicht sehr erholsam gewesen, er hatte viel nachgedacht, denn es war ihm peinlich, Susi wieder zu begegnen. Jetzt hatte sich etwas zwischen ihnen ergeben und damit alles verändert. Oder doch nicht? Ludwig hoffte es. Glücklicherweise hatte sie noch ihren Ewald, der war nützlich als Barriere.

Er versuchte, sich zu konzentrieren und arbeitete einige Akten ab.

Überraschenderweise war Strietzel diesmal schon vor neun Uhr im Büro. Er grüßte und setzte sich ungefragt in Ludwigs Büro. Sein Blick war unruhig, scheinbar wusste er nicht, wie er sich erklären sollte. So wie Ludwig befürchtet, ging es um Lea Wenzel. „Was ist denn, wenn sie uns verklagt?" Strietzel sah ihn streng an, als sei Ludwig an allem schuld. Dabei hatte er die Frau ins Haus gebracht. Ein Studium hatte Strietzel begonnen, er wollte sich noch einmal beweisen. Doch nach vier Monaten – kurz vor der ersten Prüfung – hatte er abgebrochen. Ludwig hatte das nicht weiter verwundert, aber dass Lea als Souvenir aus seiner Klasse ausgerechnet in die Firma eintreten sollte, das hatte ihn empört. Es hatte einen Streit gegeben und Strietzel sich bereit erklärt, ihr Gehalt privat zu zahlen – so verliebt, so scharf war er gewesen. Doch die arbeitslose Lea, die das großzügige Angebot natürlich annahm, ließ sich trotzdem auf keine Affäre ein. Was hatte Strietzel auch gedacht, gehofft? Die Frau war dreißig Jahre jünger als er und hatte einen Freund. „Was soll das?" fragte Ludwig aufgebracht, „warum sollte sie uns verklagen? Du redest Unsinn. Kommst Du von dieser Frau nicht los? Die wird Dich immer abblitzen lassen, kapierst Du das nicht?" Strietzel tat seinerseits empört. Er hätte nur Angst um die Firma. Lea Wenzel sei ihm immer gleichgültig gewesen. „Deshalb hast Du ihr Gehalt gezahlt?" fragte Ludwig scharf, doch Strietzel zuckte nur die Achseln wie ein gerüffeltes Kind. Als er gerade Ludwigs Büro verließ, stürmte Susi hinein, „guten Morgen Ludwig", flötete sie und strahlte ihn an. Strietzel lachte kurz.

Ludwig zog eine Grimasse, die nur Susi sehen konnte, „guten Morgen", sagte er laut, wandte sich aber gleich einigen Unterlagen zu. Susi schien zu verstehen. Sie kam auf einen Kunden zu sprechen, stellte zwei Fragen und ging dann in ihr Büro. Doch ihr Unverständnis hatte Ludwig deutlich gespürt. Was erwartete sie denn? Sonderrechte?

Eine Stunde später kam Susi wieder in sein Büro. Sie sah ihn an, als wären sie Komplizen. Gewissermaßen war es auch so, aber diese Vertrautheit war ihm peinlich.

„Ich habe Neuigkeiten", sagte sie geheimnisvoll. Ludwig wollte gar nicht wissen, worum es sich handelte.

„Hoffentlich gute", sagte er und griff nach einer Akte. Doch Susi ließ sich nicht abhalten und setzte sich ungefragt. „Ich hatte ein Gespräch mit Ewald". Ärger am Frühstückstisch, dachte Ludwig, das kenne ich noch. Helen hatte sich schon geärgert, bevor sie am Tisch gesessen hatte, wenn sie die fette Wurst entdeckt hatte, die Ludwig so liebte. Und dann hatte sie ausgeholt, jedes Thema war ihr recht, um den angefangenen Streit nicht enden zu lassen. Ludwig hatte gespürt, dass sie ihn verletzen und demütigen wollte, aber wenn er von Scheidung sprach, tat sie alles als Scherz ab. „Tut mir leid", sagte er. Irritiert sah Susi ihn an, „warum? Wir hatten ein Gespräch, das ist gut. Es ist vorbei." Dabei sah sie Ludwig so eindringlich an, dass er den letzten Satz auf sich bezog. Erleichterung machte sich breit. Es ist vorbei, bevor es richtig angefangen hat. Er war noch einmal davon gekommen. „Ist doch klar", sagte er lächelnd, „besser so." „So klar war das nicht, immerhin ging es um zwanzig Jahre Ehe", Susis Worte wirkten wie Peitschenhiebe.

„Eure Ehe? Vorbei?" Er verschluckte sich beinahe, „das geht nicht", er zwang sich das Gesicht Ewald Grünlichs vor seinen geistigen Augen, als könnte er ihn so

beschwören, um seine Frau zu kämpfen,
„Dein Mann liebt Dich doch". Susi
schüttelte ihren Kopf, „das tut er schon seit
vier Jahren nicht mehr. Das hat er mir heute
Morgen gesagt." „Was? Seit vier Jahren?"
Die Gedanken überschlugen sich in Ludwigs
Kopf, „meine Güte, geht doch zur
Paartherapie." Er wollte schon anfügen, dass
er die Rechnungen dafür übernehmen
würde, dann ließ er das lieber. Susi sah ihn
mit einer seltsamen Ruhe an. „Du hast
Angst", stellte sie dann fest, „es war eine
einmalige Sache, nicht wahr? Du hattest
keine Frau mehr seit Helen, Du hast es
einfach mal wieder gebraucht." Sie klang
nüchtern und gefasst, als sie schließlich
aufstand und das Büro verließ. Jetzt bloß
nicht hinterher! dachte Ludwig, das sieht
sonst so aus, als wollte er ihr zeigen, dass es
anders war. Und das war es nicht.
Zeit verging. Ludwig blieb in seinem Büro
und saß wie auf glühenden Kohlen. Was
würde Susi als Nächstes tun? Wussten es die
Anderen schon? Lachten sie schon über den

Mann mit dem Druck in der Hose? Seit
Helen, hatte sie gesagt, du hattest keine Frau
mehr seit Helen. Dabei war in den letzten
Jahren ihrer Ehe sowieso nichts mehr
passiert. Nicht mal einen Kuss hatte es
gegeben und irgendwann hatte Ludwig das
als normal empfunden. Er glaubte, Helen
hätte keine Gefühle mehr, kein Begehren,
doch jetzt war ihm klar, dass das nicht
stimmte. In Strietzel hatte sie sich verliebt.
Den hatte sie begehrt.
Wieder wanderten seine Gedanken zu Susi.
Er stand Strietzel in nichts nach. Sie konnten
nicht erwarten, dass irgendein Mitarbeiter
noch einen Funken Respekt für sie übrig
hätte. Vielleicht war jetzt der richtige
Zeitpunkt, den Laden zu schließen. Dicht
machen, aufhören. Sie waren alt genug, sie
waren beide finanziell so gestellt, dass sie in
Zukunft auch ohne dieses Büro überleben
konnten.
Ludwig trat auf den Flur, ging in den
Aufenthaltsraum. Susi saß mit einer
Kollegin beim Kaffee. Als sie ihn sah, stand

sie demonstrativ auf und verließ den Raum. Ludwig tat, als hätte er nicht bemerkt, dass es um ihn ging und nahm sich eine Flasche Wasser. Seine Idee reifte zu einem Entschluss. Er ging zu Strietzel.

„Die Grünlich hat gekündigt", empfing ihn dieser, „wusstest Du das? Gerade eben!" Während er Ludwig lauernd beobachtete, wedelte er mit einem Papier in der Hand. „Ich dachte, Du bist Ihre Vertrauensperson, war ganz verwundert, dass sie damit zu mir kommt." Strietzel zuckte die Schultern, „aber das ist nicht schlecht. Die Alte verdient zu viel." Ludwig nickte unbeholfen, er setzte sich. „Sag mal, wie lange willst Du eigentlich noch arbeiten?" Strietzel sah ihn an, als sei er nicht ganz richtig im Kopf, „bis halb vier, wieso?" „Das meine ich nicht", wehrte Ludwig ab, „ich meine, wann setzen wir uns zur Ruhe. Ich merke einfach, wie kaputt ich bin." Er sah in Jans überraschtes Gesicht. Der Kerl hatte kaum Falten, aber in letzter Zeit hatten sich die wenigen doch entscheidend in sein Gesicht gegraben. „Du solltest abnehmen, Ludwig", sagte Jan tadelnd, „wenn ich so dick wäre, wäre ich auch kaputt." Der Rüffel nagte an Ludwigs Eitelkeit. Schon Susi hatte ihn darauf hingewiesen. Als ob er das nicht selbst wüsste! „Ich bin nicht kaputt, weil ich dick bin. Ich bin einfach kaputt", sagte Ludwig wie ein trotziges Kind, „ich brauche viel Ruhe." „Fahr zur Kur", Strietzel sah ihn noch immer verständnislos an, „nimm Urlaub." Als Ludwig nicht antwortete, nickte Strietzel, „Du willst raus aus der Nummer. Du willst nicht mehr. Sollen wir den Laden hier verkaufen?" Ludwig konnte nicht einordnen, wie Strietzel dazu stand. Manchmal war die Ironie in seiner Stimme so dünn gesät, dass man sie kaum erkannte, auch nach vielen Jahren der Zusammenarbeit nicht. „Ja, ich würde verkaufen", endlich war es raus. Strietzel lehnte sich zurück, „Du meinst, wir zwei Alten haben genug. Damit kannst Du Recht haben." Ludwig lächelte zufrieden, als der Nachsatz Strietzels kam, „oder auch nicht."

„Wir finden sicher einen Nachfolger für mich, wenn Du weiter machen möchtest", sagte Ludwig versöhnlich. Doch Strietzel ging darauf nicht ein, „Nachfolger? Nein danke. Ich verstehe bloß nicht, warum Du zwei Weiber verrückt machst und dann selbst gehst. Das hättest Du lassen können."

Eine Investorengruppe aus China hatte sich angesagt. „China?" Ludwig hielt das für einen Scherz, doch Jan hatte ihn wieder mal so angesehen, als sei er nicht ganz zurechnungsfähig, „wir sind international bekannt, allein durch Wedekamp!" Wedekamp, dachte Ludwig amüsiert, warum sollten Aktivitäten, die sie vor vielen Jahren in fremden Namen vollzogen hatten, jetzt eine Rolle spielen?
Karl Wedekamp, der damalige Junior, hatte große Stücke auf Ludwig gehalten. Er schickte ihn für drei Monate nach Japan und wirkte fast enttäuscht, dass seine junge Beziehung zu Helen diesen Aufenthalt überstand. „Sie sind noch immer mit dieser

Helen liiert?" hatte er gefragt und als
Ludwig bejahte und ihn irritiert ansah,
gestand er ihm, dass er Helen für die falsche
Frau an seiner Seite halte. „Sie hat Kälte und
Distanz", begründete Karl Wedekamp und
einige Zeit später bemerkte das auch
Ludwig, doch da waren sie bereits
verheiratet.

Erstaunlich, dachte er heute, dass Karl nur
einen kurzen Eindruck für seine
Einschätzung benötigt hatte. Die Ehe mit
Helen hätte er sich sparen können wie seine
Partnerschaft mit Strietzel. Nun war Helen
tot und die Trennung von Strietzel stand
bevor.

Kurz vor der Besprechung – sie hatten das
Konzept abgestimmt – traute sich Ludwig
endlich. „Wie war das damals mit Helen?"
Er beobachtete Strietzel genau – kein
zuckender Mundwinkel, kein zusätzliches
Blinzeln sollte ihm entgehen.

Strietzel lehnte sich zurück und schüttelte
seinen Kopf, „mit Helen? Mit der warst Du
verheiratet." Typisch, diese Antwort! dachte

Ludwig. So leicht gibt Strietzel nie etwas zu.
„Eine Ehe hält nicht von Abenteuern ab",
sagte Ludwig, „und Helen war in Dich
verliebt, das weiß ich", jetzt blinzelte
Strietzel kurz, bevor er entschuldigend mit
den Schultern zuckte, „in mich verliebt?
Übertreibst Du nicht?" Normalerweise wäre
es Ludwig peinlich, so offen über die
Begeisterung seiner Frau für einen Anderen
zu reden, aber jetzt war es egal. Nur die
Neugierde nagte an ihm, dieses Unwissen,
das es zu beseitigen galt. Würden sich die
Vermutungen bestätigen?
„Sie fand Dich toll. Ihr habt während meiner
Zeit in der Klinik viel Zeit miteinander
verbracht. Ich hatte den Autounfall, erinnerst
Du Dich?" Strietzel wehrte ab, „das ist Jahre
her. Irgendein Irrer hat Dir die Vorfahrt
genommen und Dein Firmenwagen
verwandelte sich in einen Schrotthaufen."
„Das war kein Irrer", berichtigte Ludwig,
„der Mann hatte am Steuer einen
Herzanfall." „Wie auch immer", sagte
Strietzel spöttisch, „was hat das mit Helens

angeblicher Verliebtheit zu tun?" Er sah auf die Uhr und Ludwig fühlte sich gedrängt. Jetzt oder nie! „Hattet Ihr ein Verhältnis?" Als Strietzel gekünstelt auflachte, legte Ludwig nach, „Helen ist tot, wo ist das Problem?" Jans Augen sahen ihn bedrohlich an, „warum Du nach all der Zeit so ein Theater veranstaltest, ist mir schleierhaft. Eure Ehe war Müll", er machte eine Pause, als überlegte er, ob er weiter sprechen sollte, „Helen war naiv und sie hat wirklich geglaubt, ich würde sie heiraten, weil wir im Bett waren." Ludwig hatte unwillkürlich den Atem angehalten. Jetzt war es ausgesprochen. Helen und Strietzel im Bett. „Als ich ihr sagte, dass sei alles ein Fehler gewesen, hat sie einen Weinkrampf bekommen. Sie ist zusammen gebrochen und ich hatte Angst, sie würde alles verraten." Ludwig nickte, „hat sie nicht. Sie wurde krank." „Ist das meine Schuld?" Jan machte seine abwehrende Handbewegung, „nein, nein, diese Frau war bereits krank. Im Kopf. Sie lebte im Mittelalter, dachte, dass jeder Kuss eine Bedeutung hätte, jede Berührung eine feierliche Absichtserklärung sei." Helen tat Ludwig leid. Mehr konnte er nicht empfinden, nur Mitleid. „Ja, sie war sehr altmodisch", bekräftigte er, „zwischen uns war nichts mehr. Sie war da sehr konsequent." Strietzel sah ihn verständnislos an, „und warum hast Du Dich nicht scheiden lassen? Sie war ja nicht mal besonders hübsch." „Für ein Abenteuer mit Dir hat es gereicht". Jetzt lachte Strietzel, „wenn eine Frau sich sehr bemüht und die Gelegenheit ist günstig, macht man eine Ausnahme. Sie war nicht unattraktiv, aber das gewisse Etwas fehlte ihr." Er betrachtete seinen Partner, „tut mir leid, ich hoffe, Du nimmst mir das nicht übel." „Nein, sicher nicht. Helen konnte sehr stur sein, Du hattest vermutlich keine andere Wahl", sagte Ludwig ironisch, doch Strietzel bemerkte den spöttischen Unterton nicht. In dem Moment kamen drei Chinesen auf sie zu. Ludwig lächelte und hoffte, die Männer überzeugen zu können.

Das Bier war abgestanden. „Gibt es das auch frisch?" fragte Ludwig die Kellnerin, doch die beachtete ihn nicht. Strietzel hatte schon zwei Schnäpse getrunken und glasige Augen. „Diese verfluchte gelbe Macht", murmelte er vor sich hin. Ludwig lachte leise, „gelbe Macht", wiederholte er ironisch, „die Jungs waren topfit, das war alles. Die konnten jede Zahl unserer Bilanz auswendig und haben uns unsere eigene Buchführung erklärt." Am liebsten hätte er noch gesagt, dass Strietzel mit seiner arroganten Art jede Chance verbaut hatte, aber der nahm das jetzt sowieso nicht mehr wahr. Denn trotz ihrer fachlichen Inkompetenz – anders konnte Ludwig ihr Gebaren nicht bezeichnen – waren die Chinesen sehr freundlich und interessiert gewesen. Sie hatten eine akzeptable Zahl auf einen gelben Zettel geschrieben und Ludwig hatte schon genickt, doch Strietzel hatte dieses Papier an sich genommen, um es dann betont langsam zu zerreißen. Die

Chinesen hatten ihn völlig entsetzt beobachtet, um sich dann höflich zu verabschieden.

Der nächste Tag war schwer. Strietzel hatte natürlich vorher erzählt, dass schwerreiche Chinesen an der Firma Interesse hätten und so wurde Ludwig von neugierigen Mitarbeitern umringt, als er das Büro betrat. Strietzel war noch nicht da. „Und wann kommen die Asiaten?" Susi stellte sich ihm provozierend in den Weg. „Keine Ahnung", wich Ludwig aus, „die Verhandlungen laufen." Tatsächlich hatte er den Leuten per Mail noch einmal ein Angebot gemacht und war ihnen entgegen gekommen. Als Ludwig sich setzte, schloss Susi die Tür und nahm ungefragt Platz. „Wie sieht es mit einer Abfindung aus?" „Warum das? Sie haben selbst gekündigt", Ludwig wusste nicht, warum, aber er zitterte innerlich. „Weil ich musste", erklärte Susi, „ich habe jahrelang gute Arbeit geleistet, das sollte belohnt werden." Dabei blickte sie ihn ernst an. „Ich lasse mich nicht gerne benutzen." „Ich dachte, wir wollten das beide, einen schönen Abend miteinander verbringen", sagte Ludwig, „Du hast mich angeflirtet und ich bin darauf eingegangen, das darf ich als Chef nicht, da habe ich mich gehen lassen." In dem Moment klopfte es und Strietzel trat ein. „Die Chinesen kommen!" rief der euphorisch, „die haben angenommen!" Ludwig freute sich und sogar Susi lächelte kurz. „Sekt für alle!" brüllte Strietzel in den Flur. Für besondere Gelegenheiten wurden immer einige Flaschen gehortet.

Ludwig war das Brimborium peinlich. Er hatte nun auch die Antwortmail gelesen, ganz klar bezog man sich auf das nachgebesserte Angebot von ihm. Der Preis war um ein Drittel geringer als Strietzel gestern Abend offeriert hatte. Der hatte Ludwigs Mail glatt übersehen, obwohl sie angehängt war. Und die Chinesen hatten Strietzel als ihren Verhandlungspartner angesehen, deshalb hatte er die Nachricht erhalten. Und natürlich hatte Strietzel in

seinem Übermut sofort bestätigt. Ludwig
wollte die Chinesen einfach im Spiel halten
und vor einer Zusage mit Strietzel reden. Es
war immer noch gutes Geld, es reichte
völlig.

Bei Sekt und Kuchen prahlte Strietzel, wie
erfolgreich seine Strategie gewesen war,
„ich wusste, die zahlen das! Einfach stur
bleiben und nicht verhandeln!" Ludwig
wusste, es hatte keinen Sinn zu warten.
Wenn sie später im Büro miteinander
sprachen, würde Strietzel so laut brüllen,
dass jeder mithören könnte. Lieber gleich
eingreifen, dann war es vorbei. „Es ging
nicht ohne verhandeln", sagte Ludwig in
einem kurzen Moment der Stille, „Du hast
den Mailanhang übersehen." Strietzel wurde
rot, „was sagst Du da?" Er rannte wie ein
Irrer in sein Büro und las die Mail. Ein
kurzer Schrei ertönte, dann war Stille.
Ludwig ging zu ihm. „Es ist ein sehr guter
Preis", sagte er verteidigend, „Du hast
angenommen, der Deal ist perfekt!" Strietzel
fuhr hoch, „nein, mein Guter, so geht das

nicht. Du hättest mich informieren müssen. Für Deinen Alleingang zahlst du mir meinen Anteil vom ursprünglichen Preis!"

Jan Strietzel saß mit Susi Grünlich in einem Cafe. Susi hatte sich trotz ihrer Kündigung bereit erklärt, ihm bei der Abwicklung des Verkaufs zu helfen. Die Entscheidung von Ludwig Stramp, ihr eine private Abfindung zu zahlen, hatte dies nur beflügelt. Strietzel wusste davon und freute sich, dass er profitierte. „Ist doch alles gut geworden!" sagte er und dachte an die Übergabe an die Chinesen. Der entsetzte Blick Susis ließ ihn für einen Moment inne halten. „Herr Stramp liegt schwerverletzt im Krankenhaus!" sagte sie vorwurfsvoll. „Ja, natürlich", Jan räusperte sich, „der gute Ludwig! Rast wie ein Irrer die Landstraße entlang." „Herr Stramp ist doch nicht irre. Ein Mann ist ihm direkt ins Auto gefahren, der hatte einen Herzanfall am Steuer." Susi hatte tatsächlich Tränen in den Augen. „Sie mögen ihn, nicht wahr?" fragte Jan. Er hatte vor Jahren einmal mit Susi geschlafen. Sie waren bei einer Konferenz in München gewesen und abends hatten sie sich zufällig in der Sauna getroffen. Jan hatte vorher zwei Weine getrunken und plötzlich lagen sie sich in den Armen. Es war eine einmalige Angelegenheit gewesen, er konnte sich nur noch erinnern, dass Susi verärgert war, weil er sich nach seinem Höhepunkt weggedreht hatte und eingeschlafen war. „Haben Sie ein Verhältnis mit Ludwig?" fragte er. Er wusste, dass es zwischen den beiden Flirts gegeben hatte, aber ein Liebesabenteuer traute er Ludwig nicht zu. „Wir hatten nur eine Nacht", die Stimme Susis klang gepresst, „aber ich war beleidigt, weil das alles war. Und Ludwig entschuldigt sich und bietet mir eine Abfindung, obwohl er seinen Erlös noch mit Ihnen teilt. Er ist ein großzügiger und sehr zärtlicher Mann." Strietzel verschluckte sich. Der Dicke war ein zärtlicher Mann? Nun, streicheln konnte er auch, aber er hielt das für Zeitverschwendung. „Mit beiden Chefs einen One-Night-Stand", er sah Susi an und lachte, „und von Ludwig nimmst Du auch noch Geld!" Susi sah ihn erschrocken an, „das war eine Abfindung", sie stand auf, „ich besuche ihn im Krankenhaus. Und ich sehe nach dem Mann mit dem Infarkt, der den Unfall verursacht hat. Das ist dem schon mal passiert." Nachdem sie sich verabschiedet hatte, rätselte Strietzel, ob derselbe Mann Ludwig schon einmal angefahren hatte. Aber eigentlich war ihm das egal.

Kommissar Brack

Stephan Brack hatte wieder Überstunden gemacht. Sein Kollege im Kommissariat, Bernd Bieler, war schon vor Stunden gegangen. Aber der hatte auch eine Familie und nebenbei eine Freundin, da war aus Zeitgründen nur Dienst nach Vorschrift möglich.

Brack stolperte aus dem Polizeigebäude, er war leicht übergewichtig und litt unter anhaltenden Rückenschmerzen, daher war sein Gang immer etwas taumelnd. Die Radfahrerin sah er nicht, erst als er ihren Lenker in seiner Hüfte spürte, schreckte er zusammen. „Vollpfosten!" Die Frau war gestürzt und beschimpfte Brack, während sie aufstand, „wo sind Sie mit Ihren Gedanken?" Brack zückte seinen Dienstausweis, „das war übrigens Beamtenbeleidigung!" „War es nicht! Es ist nicht ersichtlich, dass jemand wie Sie Beamter ist", sie betrachtete ihn eindringlich und lachte dann, „es ist nur klar, dass Sie nicht aus der Modebranche sind." Sie kramte in ihrer Handtasche und reichte ihm ihre Visitenkarte, „nehmen Sie es mir nicht übel", dann radelte sie weiter. Claudia Wels – Modedesignerin, er wollte die Karte wegwerfen, steckte sie dann aber in seine Jackentasche. Sicher hatte die Frau recht, er könnte sich wesentlich besser kleiden. Aber für wen? Jana war vor drei Jahren gegangen, mit einem Freund von ihm. Die beiden sah er gelegentlich auf dem Wochenmarkt. Seitdem hatte es keine Frau mehr in seinem Leben gegeben, nur Verena rief er einmal im Monat zu sich, eine Gelegenheitsprostituierte, die er bei einer Razzia kennengelernt hatte. Für sechzig Euro blieb sie exakt zwanzig Minuten, aber meistens war er schneller fertig.

Als er vor seinem Mietshaus ankam, öffnete sich ein Fenster im Erdgeschoss und Gertrude Höllenbach sah ihn tadelnd an, „Sie haben Ihren Wäschekorb unten stehen lassen. Der Geruch Ihrer Socken ist eine Zumutung, Herr Brack", sie hielt sich theatralisch die Nase zu und zwei Passanten, die ihren Rüffel mithörten, lachten laut, während sie Brack neugierig musterten.

„Die Maschinen waren alle besetzt", wieder verteidigte er sich, obwohl er sich vorgenommen hatte, das zu unterlassen und die alte Frau einfach zu ignorieren. „Jetzt sind sie frei", mit einem lauten Knall wurde das Fenster wieder geschlossen.

Brack stellte die Maschine an. Wie brav ich bin! dachte er und schalt sich. In der Wohnung sah er seinen Kleiderschrank durch. Die meisten Sachen waren alt und mit Mängeln versehen, er mistete aus. Drei große blaue Müllsäcke entsorgte er in der Tonne. Frau Höllenbach musste ihn gehört haben, sie stand plötzlich vor ihm. „Was ist denn los?" fragte sie neugierig. Er zuckte nur die Achseln, „nichts. Oder haben Sie auffällige Beobachtungen gemacht?" „Habe ich. Ein Mann hat drei Müllsäcke weg geworfen. Das kommt mir verdächtig vor, vielleicht hat er eine Leiche entsorgt", meinte sie und schielte zur Mülltonne. Brack wusste, dass sie die Säcke durchwühlen würde, sobald er gegangen war. Er hatte deshalb Ahornsirup zwischen die alten Stoffe gekippt. „Ich glaube, der Mann, von dem wir sprechen, ist Kriminalkommissar. Der wird es besser wissen und eine Leiche geschickter entsorgen", er schob Gertrude Höllenbach mit sich. Die sträubte sich, wurde aber mitgezogen wie eine Puppe. „Ach was", sie stolperte, „darauf spekuliert der doch, dass ihm das niemand zutraut." Lachend ging Brack ins Haus zurück, während seine Nachbarin tat, als betrachte sie die Blumen auf dem Hof. Kaum war er in seiner Wohnung, hörte er ihr Fluchen. Der Ahornsirup klebte an ihren Fingern.

Er wählte die Nummer der Modedesignerin. Sie hatte Ähnlichkeit mit Verena, aber vielleicht hatte sie wirklich einige Tipps für ihn. „Claudia Wels". Er räusperte sich, „hier ist Stephan Brack. Sie haben mir vorhin Ihre Visitenkarte gegeben. Erinnern Sie sich?"

„Wie sehen Sie denn aus?"

„Renovierungsbedürftig. Deshalb gaben Sie

mir Ihre Karte, nachdem Sie mich mit Ihrem Fahrrad gerammt haben", erklärte Brack und fragte sich, ob er gerade einem Test unterzogen wurde. „Der Beamte, ja! Haben Sie wirklich Interesse oder wollen Sie mich anzeigen?" Sie lachte und Brack stimmte ein, „kommt auf Ihre Beratung an. Ich habe gerade einige alte Kleidung entsorgt und brauche tatsächlich Hilfe." Sie lud ihn gleich ein, „nur zwei Straßen von der Unfallstelle entfernt und Sie bekommen auch einen Kaffee."

Auf dem Weg zu ihr klingelte sein Handy. Sein Kollege Bernd brauchte Hilfe, „ruf bitte Gabi an und erzähle ihr von einem Einsatz. Ich bin bei Tanja und möchte hier übernachten." Brack stöhnte, „Du bist ein Schlawiner. Kannst Du Dich nicht für eine Frau entscheiden?" Am anderen Ende hörte er Kussgeräusche. „Habe ich längst", sagte Bernd, „deshalb bleibe ich heute hier. Aber ich muss einen strategisch günstigen Zeitpunkt für das Finale abwarten."

„Hoffentlich wartest Du nicht so lange,

Deine Tanja liebt Dich doch abgöttisch,
setze das nicht aufs Spiel." Sie beendeten
das Gespräch und Brack rief mit
Magengrummeln Gabi Bieler an. Die schien
seine Nachricht gleichgültig aufzunehmen
und bedankte sich.

Claudia Wels hatte ein Modeatelier mit zwei
Partnern. Brack war enttäuscht, dass sie
nicht alleine waren, doch er hoffte, sie
würde ihm das nicht anmerken. Die
Typberatung war interessant und er erhielt
einen Ordner und einige Stoffproben,
„schauen Sie sich das in Ruhe an." Er fragte
nach dem Preis, doch Claudia Wels wehrte
ab, „das war gratis." Er lud sie zum Essen
ein, doch ohne Erfolg. Schlechtgelaunt trat
er den Rückweg an.

Verena klang nicht begeistert, doch sie sagte
zu. Eine halbe Stunde später war sie in
seiner Wohnung. Sie schob ihren Rock hoch
und zog den Slip aus, „von hinten?" Sie
hockte sich auf sein Sofa und holte ein
Kondom aus ihrer Handtasche. Er schob
seine Hand unter ihr Shirt und streichelte

sie. Seufzend rückte sie ein Stück weg, „ich habe nicht viel Zeit." „Dann geh doch", er setzte sich neben sie, betrachtete ihr überraschtes Gesicht. „Ich bezahle nicht dafür, dass Du mir blöd kommst." Sie überlegte einen Moment, dann zog sie den Slip wieder an und rückte den Rock zurecht, „Du könntest Dich waschen, bevor ich zu Dir komme. Das machst Du nie. Was erwartest Du denn?" Herausfordernd stand sie vor ihm, „gib mir mein Geld und die Sache ist gelaufen. Kannst froh sein, wenn ich nicht verrate, dass Dir die Razzia zu Deinem Privatvergnügen verholfen hat. Schon im Keller hast Du an mir gefummelt, bevor Deine Kollegen kamen. Gib mir zweihundert!" Sie lachte, „notgeiler Bulle, wie kommt das an bei Deinen Vorgesetzten?" Brack stand auf. „Du bist eine miese Erpresserin und eine miese Nutte bist Du auch." „Auf einmal? Für diese kleinen Nummern hier hat es bislang gereicht. Rein und raus, mehr kannst Du doch nicht! Deine Frau weiß, warum sie

Dich verlassen hat. Ein schlechter Liebhaber bist Du, wenn man Dich überhaupt als Liebhaber bezeichnen kann", Verenas Augen funkelten. Sie sah Bracks Arm nicht. Sie stürzte durch den Schlag, ihr Hinterkopf knallte auf die Tischkante, bevor sie auf den Boden sank.

Brack wusste sofort, dass sie tot war. Trotzdem versuchte er, ihren Puls zu fühlen. Nichts! Er holte eine Plane und wickelte sie dort ein. Sollte er Bernd anrufen? Der lag bei seiner Tanja im Bett und wäre entsetzt, wenn er eine Leiche bei seinem Kollegen entdecken würde. Er blieb eine ganze Weile sitzen und überlegte. Das Klingeln seines Handys nahm er nicht wahr.

Verena war leicht, er hatte keine Mühe, sie die Treppe hinunter und zu seinem Wagen zu tragen. Gertrude Höllenbach saß wieder am Fenster und beobachtete ihn. „Ist es diesmal eine Leiche?" fragte sie spöttisch. „Diesmal schon", erwiderte Brack, „aber es war ein Unfall." Seine Nachbarin lachte,

„wahrscheinlich ist sie gestürzt." Sie winkte ihm zu, als er fortfuhr.

Die Allee war gesperrt. Was war nur los? Er wollte zu einem alten, unbewohnten Bauernhof fahren, um Verena dort abzuladen. Schnell wenden und zurück! dachte er panisch, doch hinter ihm waren bereits weitere Autos und die Gegenfahrbahn war nicht frei. Im Schritttempo ging es voran. Sein Herz raste, er schwitzte. Sie kontrollierten jeden Wagen, suchten etwas. Da vorne war Bernd! Bernd, den er eigentlich bei seiner Geliebten wähnte, war da vorne und leitete den Einsatz. Zwei andere Kollegen waren bei ihm; Schuler, ein älterer Kollege vom Einbruchdezernat und ein Azubi. Mit denen sollte er fertig werden, außerdem war er einer von ihnen. Niemand würde in seinen Kofferraum sehen wollen! Ein Lächeln huschte über sein Gesicht. Er fuhr scharf rechts ran und stieg aus. Bernd sah zu ihm und stemmte seine Hände in die Hüften, „na so was! Wo kommst Du denn her?" Er fertigte noch einen Fahrer ab, ließ den Azubi überall nachsehen und kam dann zu ihm, „warum gehst Du nicht ans Handy? Raubüberfall beim Juwelier! Die haben mich aus dem Bett geklingelt!" Brack entschuldigte sich, umarmte seinen Kollegen, der ihn überrascht ansah, „was ist mit Dir los?" Er sah Bracks glänzendes Gesicht, „Du glühst ja richtig!" Er stieß feixend den Azubi an, „was meinst Du, Gustav, wonach sieht das aus? Vielleicht haben wir den Juwelenräuber vor uns! Guck mal, jetzt wird Kollege Brack auch noch rot!" Gustav betrachtete ihn argwöhnisch. Brack hatte den Knaben zweimal bei einem Einsatz dabei gehabt und ihn zurechtgewiesen. Hoffentlich hatte der jetzt keine Rachegedanken. „Gustav kennst Du doch, oder? So hieß mein Großvater, jetzt ist der Name wieder modern!" Bernd lachte, „keiner nennt seine Kinder mehr Stephan oder Bernd, wir sind out, lieber Kollege!" Dann beugte er sich zu Brack, „ich ziehe ganz zu Tanja", flüsterte er. „Öffnen Sie bitte Ihren Kofferraum!" Brack erschrak. Er sah zu Gustav, der mit polternder Stimme an seinem Auto stand. „Lass mal", winkte Bernd ab, „er ist zwar nicht im Einsatz, aber ...". Doch Gustav verwies auf Vorschriften, „das wird mir am Ende des Tages angelastet", er hatte eine Strenge im Gesicht, die Brack erschaudern ließ. Er sah hilflos zu Bernd, doch der war wohl mit seinen Gedanken woanders. Einfach einsteigen und losfahren! dachte er in seiner Verzweiflung. Die würden ihn doch wohl kaum verfolgen, obwohl er es diesem Gustav durchaus zutraute. Und dann entdeckt der Azubi die Leiche einer Hure im Kofferraum des Kommissars. Das wäre die Geschichte seines Lebens. Gustav, der harte Hund mit sechstem Sinn. „Komm, jetzt öffne, damit dass hier weiter geht", Schuler mischte sich ein, „macht auch keinen Eindruck, wenn wir was durchgehen lassen, sieht doch jeder." Brack wurde schwarz vor Augen, „es war ein Unfall", stammelte er, „das wird man

feststellen." Dann hörte er Gustav an der
Plane zerren.